光文社文庫

文庫書下ろし

SCIS 科学犯罪捜査班 II
天才科学者・最上友紀子の挑戦

中村 啓《ひらく》

光 文 社

この作品は光文社文庫のために書下ろされました。

「SCIS 科学犯罪捜査班 II」目次

SCIS　科学犯罪捜査班II　おもな登場人物

小比類巻祐一　……………　警察庁刑事局刑事企画課所属。警視正。34歳。SCISチームを率いる。
最上友紀子　……………　元帝都大学教授。天才科学者。祐一の大学時代の知人。SCISチームの一員。34歳。
島崎博也　……………　警察庁刑事局刑事企画課課長。警視長。42歳。
長谷部勉　……………　警視庁捜査一課第五強行犯殺人犯捜査第七係係長。警部。47歳。SCISチームの一員。
玉置孝　……………　警視庁捜査一課第五強行犯殺人犯捜査第七係捜査員。巡査部長。35歳。SCISチームの一員。
山中森生　……………　警視庁捜査一課第五強行犯殺人犯捜査第七係捜査員。巡査。26歳。SCISチームの一員。
奥田玲音　……………　警視庁捜査一課第五強行犯殺人犯捜査第七係捜査員。巡査。29歳。SCISチームの一員。
カール・カーン　……………　国際的な非営利団体、ボディハッカー・ジャパン協会代表。

SCIS 科学犯罪捜査班 II

序章

朝、いつもより一時間早く家を出た。最寄り駅の改札を抜けて、いつも使っているホームの反対側に渡り、ベンチに腰を下ろすと、発着を繰り返す電車と人の流れをながめた。

目を鷹のようにして、一人の女を探す。

いるはずのない女の姿を――。

小《こ》比《ひ》類《るい》巻《まき》祐《ゆう》一《いち》は、遅刻にならないぎりぎりの時間までベンチに座り、あの日、自分が見たものは幻だったのだろうかと、幾度も幾度も場面を思い返しては、自分に問いかけた。

スマホの小さなアラームが鳴った。一時間が経った。

今日も現れなかった……。

祐一はベンチから立ち上がり、反対側のホームへ戻ると、本来乗るべき電車に乗った。揺られながら、人に揉《も》まれながら、ずっと思い返して、いくつもの可能性を考えた末に、いつも天啓《てんけい》を得るように思い至るのだ。

あれは間違いなく、妻の亜美《あみ》だったのだと——。

妻の亜美は五年前にがんで他界した。娘の星来《せら》を出産した約一週間後のことだ。正確に言うと、亜美は死亡宣告を受ける前、昏睡《こんすい》状態となり、脳死の判定を受けた段階でアメリカのトランスブレインズ社から派遣された技術スタッフらの手により、ストレッチャーに載せられて屋外へ持ち出され、路上で待機していたワンボックスカーの中で、マイナス一九六度の液体窒素で満たされたカプセルにすっぽりと沈められた。

いま現在、亜美は遠く離れたアリゾナの地で、がんを完璧に克服できる技術と、冷凍保存された人体を完璧に生前の状態に戻す技術の誕生を待ちながら、静かに眠っている。どちらの技術とも、遠くない未来に開発が希望されているだけに過ぎない。

亜美が解凍状態からよみがえり、日本に現れることはまだないのだ。

当たり前の現実であり、祐一があの日に見た女は見間違いに過ぎない。わかっているのだが、その女はあまりにも亜美によく似ていた。他人の空似とは思えないほどに……。

亜美に会いたい思いが強すぎて、幻を見てしまったのか。人が幽霊を見るのは、脳の誤作動だという説もある。

脳が生み出した幻影だとしても、また会いたい――。祐一はそう思った。

日がな亜美のことを考えているので、ぼんやりすることもしばしばだったし、仕事にも支障が出始めてもいた。

警察庁刑事局刑事企画課の上司である島崎博也《しまざきひろや》課長からも「おい、コヒ、体調でも悪いのか？」と心配されたが、祐一は「季節の変わり目はいつもこうなんです」などとあいまいに誤魔化した。

その日は午後七時には仕事を終え、祐一は有楽町に足を向け、行きつけの喫茶店に入った。ナポリタンを食べたあとにコーヒーでも飲んでゆっくりしたいと思ったので、メニューからいつもは選ばない水出しアイスコーヒーを指差した。

「この水出しコーヒーください。ホットで」

若い女性店員が苦笑いを浮かべた。

「すみません。水出しコーヒーは水で一晩かけて濾《こ》していくんで、ホットはないんです」

「なるほど。では、アイスの水出しコーヒーで」

店員は「はい」とうなずくと、踵《きびす》を返して店の奥へ消えた。

普段はブレンドばかり頼むのに、今日に限っては違うものを頼んでみようとチャレンジしたばかりに、ちょっとした恥を掻いてしまった。警察庁刑事局では警視正の階級にあるエリートながら、世間では流行に疎《うと》い普通のお兄さん、いや、オジさんというところだろうか。今年で祐一は三十四歳になる。

祐一はノートパソコンを開いて、危うくあるアプリを起動させそうになって、あわててパソコンを閉じた。

毎晩、儀式のように開いているアプリだ。トランスブレインズ社から送られてくるライブ映像を観られるもので、薄暗い倉庫に並ぶ銀色のカプセルの一つ、上部にある小窓からは、冷凍保存されコチコチになった亜美の顔が映し出されている。

祐一は、その眠れる妻の顔に毎晩語りかけるのが好きだった。

心の声が聞こえる気がした。

本物の亜美と会話をしている気がした。

肉体ではなく、亜美の魂に触れられる気がした。

いまでは、亜美と交流できるこの儀式なしでは、まともな精神状態を保つことはできなくなっていた。それが、この前に現れた亜美の幻のせいで、毎晩の儀式をしても心が混乱するようになってきている。

電車の中の亜美を見たときは、生き返ったのではと疑い、本庁の誰もいないトイレにこもり、ノートパソコンのアプリを起動して、亜美のライブ映像を見つめた。亜美は変わらぬ微笑《ほほえ》みを浮かべ、そのままだった。

祐一は店員が運んできた水出しコーヒーを一口含んだ。想像以上に苦かった。飲み終わり、グラスの底をソーサーの上に置いたとき、すぐ目の前、近い距離に、小柄な人物が立っているのに気づいた。贅肉《ぜいにく》一つ付いていない生足をさらしたデニムのホットパンツに、ピンクとブラウンのボーダーのインナー、その上にピンクのキラキラした素材のジャケットを羽織っていた。

予想だにしていなかった人物だったので、祐一は驚いて少しむせてしまった。落ち着いてから、その人物の名前を呼んだ。

「最上《もがみ》博士、どうしてここに……!?　いったい何をしているんですか？」

どう見ても小洒落《こじゃれ》た中学生にしか見えない少女、いや女性は、最上友紀子《ゆきこ》だった。最上博士はこう見えて祐一と同じ年である。

最上は祐一の前の席に腰を下ろすと、注文を取りに来た先ほどの女性店員に向かって口を開いた。

「わたしもこの水出しコーヒーください。ホットで」

店員は案の定、苦笑を浮かべた。

「あの、水出しコーヒーにはホットがないんです。水出しコーヒーは水で一晩かけて濾して――」

「じゃあ、レンジでチンしてホットにしてください」

最上がきっぱりと言い、パタンとメニューブックを閉じて突き返すと、女性店員は反撃の間を失ったかのように、言葉を喉に詰まらせたまま、踵を返して、キッチンの奥へと消えた。

祐一は最上の機転の早さ、自分の意思は絶対に曲げない度胸をうらやましく思いながら、まじまじと最上博士を見つめた。

前より少し印象が変わっただろうか。黒髪のおかっぱ頭は、明るい栗色に変わっていたし、頬には桃色のチークが載り、ごわっとした黒いマスカラの睫毛《まつげ》が開いていた。最上博士はメーキャップの技術を少し齧《かじ》ったらしい。もしかして、最上博士は恋をしているのかもしれない。あるいは、これから始めようと……。

「ちょっとちょっと、祐一君。わたしがイメチェンしてすっかり大人の色香を放ついい女になったからって、そんなぶしつけな目でわたしをねぶるように見るのはやめてよ。ふふ」

「そんな目で見ていません。もう一度聞きますが、なぜ最上博士が都内にいらしてるんですか？　課長から新たなＳＣＩＳ案件が発生したとの知らせを受けたとか？」

「ううん。それはそれで楽しいんだけどね。今日は局長からお呼びがあって、こっちまで来たってわけ。ほら、わたしもＳＣＩＳの一員になったでしょう。ということは、みんなと一緒に拳銃を携行することもあるわけで、みんなと一緒に犯人を射撃することもあるわけで。だから、警察のアドバイザーとして現場で捜査をする際の心得について講義を受けるために来たの」

最上は銃を撃ってみたいらしいが、局長は普通の面談をしたいのだろう。最上が期待するような射撃訓練などは含まれていないと思うが。

「最上博士は危険なことはしなくていいんです。大事な頭脳ですから、わたしたちがしっかりお守りします」

「ふふ。男が女を守らなきゃなんて、古くさい固定観念よね。でも、悪くない。むしろ好き……」

最上の目が祐一をうかがうような色に変わった。

「ところで、祐一君、何かあったんじゃなあい？」

祐一は言葉を失った。最上はたまに鋭い観察眼を披露することがある。

最上に悩み事を聞いてもらいたいと思った。科学的に不可解なこの悩みを打ち明けて、まともに取り合って答えてくれるのは最上以外にはありえない。

「いい男が何か苦悩を抱えてそうに、眉間にしわを寄せてさ。水出しコーヒーを飲んでいる姿がこんなに画《え》になるだなんて……。三十四歳寅年のユッキーもこの年になるまでわからなかったなぁ。あ、撮った写真、ツイッターに上げてもいいよね？」

「ダメです。博士、もしもの話ですが、もしも博士が自分と瓜二つの人間と偶然出会ってしまったとしたら、どう思われますか？」

「えっ、祐一君、自分と瓜二つの人間に会っちゃったの⁉　それってドッペルゲンガーに会ったってこと？　ドッペルゲンガーは自己像幻視と呼ばれていて、自分自身の姿を自分で見る、幻覚の一種だと考えられているの。ドッペルゲンガーを見た者は死ぬっていう逸話があるんだよ。死んじゃうんだ、祐一君……。せっかくわたしたち再び巡り会えたのにね……」

最上が目を覆《おお》った。傍《はた》から見たら、中学生かよくて高校生の女の子が、三十を越したわりと身なりのよい男に〝せっかくわたしたち再び巡り会えたのに〟などというロマンチックなラブストーリーで使われるようなセリフを言わされ泣かされている、そう映ったに違いなかった。

すでに喫茶店内を埋めているほぼすべての客たちが、興味津々《しんしん》の様子で最上と祐一の話に耳を傾けているようだった。

祐一は羞恥心《しゅうちしん》で身が焦げるような思いを味わいながらも最上に抵抗した。

「博士、最後まで聞いてください。ぼくが見たのは死んだはずの知人ですから、ドッペルゲンガーとはちょっと違います」

「はあ？」

「死んだはず……、いや、確実に死んでいるというのに、その人物が生きた状態でよみがえるということがはたしてあるんでしょうか、最上博士？」

「見間違いじゃない？」

最上博士であっても、最初に見間違いを疑うのか。

「いいえ、断じて見間違いなどではありません」

最上は頭二つ分ほど背の高い祐一の肩に腕を伸ばすと、手をぽんと置いた。

「祐一君がそう言うんなら、わたしは信じるよ。でも、本当にそれが起こったというなら、生き返ったその人物をわたしの前に連れてきてくれないとね。それからじゃないと、科学的なメスは入れられないもんね」

「……おっしゃるとおりです」

「それじゃ、祐一君、わたしはこのあと局長と課長に会ってくるから。どんだけいっぱい接待してもらえるか楽しみ。じゃね」

祐一は、浮き足立つような足取りで店を出ていく小さな背中を見送った。局長や課長は接待などしない。最上の機嫌を損ねるようなことがなければいいが。

祐一は最上を少しうらやましく思った。

最上友紀子はすっかり元気を取り戻した。五年前に起きたことなどすっかり忘れてしまっているかのようだ。

最上の研究室で同僚の速水真緒《はやみまお》准教授が死亡する事件が起きた。他殺の線が濃厚だったが、結局自殺として処理されてしまった。

——真緒の命を奪った犯人を捕まえてください。

そう頭を下げる最上の姿をいまもありありと瞼《まぶた》に思い浮かべることができる。祐一は必ず犯人を捕まえると誓ったのだ。

亜美のことを思わない日がないように、その誓いを忘れた日もまた、ない。

第一章　よみがえる死者

1

ペンライトで瞳孔《どうこう》に光を当てた。対光反射なし。

聴診器で心音と呼吸音が停止していることを確認。手首にある橈骨《とうこつ》動脈、頸動脈に指で触れる。心電図モニターも脈拍がゼロであると示している。

医師の北川和夫《きたがわかずお》は左腕の腕時計に視線を落とした。

「四月八日、午前九時三十二分、土屋健太郎《つちやけんたろう》さんの死亡を確認しました」

傍らにいる看護師の森下絵美《もりしたえみ》がカルテに死亡時刻を記入した。

今朝、土屋さんが呼吸をしていないのを発見した看護師の話では、すでに土屋さんは心肺停止状態で、見た目にも死んでいたということだが、医師が死亡を確認した時刻が死亡時刻になる。

新米の森下は患者の土屋さんに同情したのか、涙を流していた。土屋健太郎は五十七歳で、末期の前立腺がんだった。ご夫人と娘さんが週に二日ほど見舞いに来ていたのを北川も見ていた。

北川が医師になって三十五年が経つ。いったい何千人の死を目にしてきたか知れない。もう何も感じないということはないが、土屋さんが遅かれ早かれ亡くなることはわかっていたし、そろそろ迎えが来そうな患者は他にもいるので、患者一人ひとりに同情したりすることはない。

「人が死ぬというのは大変なことだよな」

それでも、北川はそんなことを言った。森下は涙に暮れて答えなかった。

「ご家族に連絡して」

「はい」

森下は早歩きに戸口から出ていき、北川は病室に一人になると、さっき死亡確認を行っていたときに気になった箇所を思い出した。

土屋さんの左前腕の肘正中皮静脈《ちゅうせいちゅうひ》に小さな赤い傷があったのだ。場所から考えて注射針の痕のようだ。明日死ぬかもしれない患者から採血する理由はない。誰が何のために注射をしたのか。

北川はあとで看護師長にでも聞いてみることにして、病室の戸口へと足を向けた。

葬儀屋〈齋藤《さいとう》セレモニー〉のスタッフ、齋藤裕大《ゆうだい》は、明日火葬される予定の棺《ひつぎ》が置かれた部屋の前で立ち止まった。

胸騒ぎを覚えたのだ。

戸口の開け放たれた部屋の灯《あか》りを点《つ》けてみる。白々とした光がまぶしく、齋藤は目をしばたたいた。大きな花輪や果物が供えられた真ん中に、故人の横たわる棺がぽつんと置かれている。先ほど通夜が終わったばかりで、あたりはしんと静まり返っていた。

胸騒ぎがするのは、今朝方聞いた納棺師《のうかんし》の言葉のせいだろうか。故人の身体を棺に納める前に、故人の身体を洗い清め、死に化粧を施して死に装束を整える。それをするのが納棺師だ。映画『おくりびと』で注目を集めた職業だったが、内実はとても地味である。

——あのご遺体ね、生温かいんだよ。

ベテラン納棺師の佐野豊《さのゆたか》はそんな不気味なことを真顔で言った。齋藤を怖がらせようと思って冗談を言っているのだと思ったが、そうではなさそうだった。

――生きてるんじゃないかと胸に手を当ててみたけど、ちゃんと心臓は止まってる。死後二十時間は経ってるのに、身体も柔らかいんだ。死後硬直が遅れてるのかな。なあ、火葬される前に、もう一度確認してみてくれないかな。

齋藤はぞっとした。葬儀屋で働き出して一年が経つが、いまだ死体に慣れるということがない。死は恐怖の対象でしかない。

薄ら寒いものを感じながらも、齋藤はなぜか恐怖に引かれる自分を止められなかった。死体が生温かい？　死後硬直がない？

棺の前までやってきて、恐る恐る遺体の顔を覗《のぞ》き込んだ。

たくさんの花々に埋もれた男性の遺体だ。見た感じでは何も変わったところなどない。

触ってみようか？

とんでもない。齋藤はかぶりを振って、踵を返そうとしたとき、遺体の男が目を開き、齋藤と目が合った。

齋藤は悲鳴を上げて、ひっくり返った。腰が抜けて立ち上がれない。

遺体の男が棺の中で身体を起こした。緩慢《かんまん》な仕草で立ち上がると、棺の外へ出てきた。男は、わなわなと震える齋藤には目もくれず、ゆっくりした足取りで戸口へ向かった。齋藤が何とか立ち上がって、行方を追おうと外へ出たときには、男の姿は消えていた。

2

今日は遅くなってしまった。小比類巻祐一はこの日もまた逆のホームへ渡り、ベンチに座って幻の女を探した。途中、十五分ほどうとうとしてしまい、あわてて正しいホームへ戻ってきて乗車したのだが、登庁したときには九時を十五分ほど過ぎていた。

オフィスの自席に座ろうとすると、デスクの上にポストイットが貼り付けられていた。上司である警察庁刑事局刑事企画課の島崎博也課長の書き殴った字で「いますぐ来い」とあったので、祐一は鞄《かばん》を置くと隣の課長室を訪ねた。

重厚な赤茶色の調度品がそろえられた広い部屋で、中央に応接用の黒革のソファセットが置かれている。島崎は高そうなデスクの向こうを回って、応接ソファのところへやってきた。

「コヒ、待ってたぞ。そこに座ってくれ」

島崎は今日もストライプの入ったダブルのスーツを着込んでいた。島崎がストライプの入っていないスーツを着ている姿を見たことがない。相当ストライプにこだわりがあるようだ。身体は痩せて見えるのに、頭が異様に大きいのでマッチ棒のようなシルエットだった。

「またSCIS案件かもしれない事件が起きた」

島崎はフレームレスの洒落た眼鏡越しに祐一を見やると、手にしていた資料を滑らせてきた。

SCISとは、〈サイエンティフィック・クライム・インベスティゲーション・スクワッド〉、すなわち〈科学犯罪捜査班〉の略である。最先端の科学技術の絡んだ不可解な事件を捜査するために、警察庁刑事企画課の小比類巻祐一をトップとして結成された特別なチームである。世界的科学者の最上友紀子はSCISの一員であり、アドバイザー的存在になっている。

祐一はSCIS案件で呼び出されたのだろうと思っていたので、驚きはしなかった。最近ではすっかりこの案件にかかわる割合が多くなってきている。

タスクをこなしていく先に、栄転はあるのだろうか。

島崎課長曰《いわ》く、局長は喜んでくれているそうだが。

そんなことを考えながら、祐一は資料を手に取ると、それは四人分の死亡診断書だった。金井勇蔵《かないゆうぞう》、白木美奈《しらきみな》、安田凜子《やすだりんこ》、そして、土屋健太郎。

「四人とも国分寺和水《こくぶんじわみず》総合病院の患者で、死因はそれぞれ、心筋梗塞《こうそく》、インフルエンザ、肺炎、前立腺がんとバラバラだ」

ざっと目を通してみたが、特別に不審な点はないと思われた。

「この四件のどこがＳＣＩＳ案件かもしれないんですか？」

シンプルな問いだが、島崎は答えにくそうに手で顔を触ったり、頭髪を後ろになでつけたりした。痺《しび》れを切らすには十分な時間が経ってから、絞り出すような口調で言った。

「実はな、口にすると馬鹿馬鹿しく聞こえるが、死亡を確認されたその四人は、その後、生き返ったそうだ」

「はい？」

「だから、生き返ったんだよ。担当の医師が死亡を確認してから、二十四時間以上経ったのちに、死体が目を開いて、身体を起こし、両足で立った。そして、誰の助けも借りず、どこかへ消えた……、こう言うんだ」

島崎は馬鹿馬鹿しいというようにかぶりを振った。

「患者が消えたことから、遺族が捜索願を出して、所轄の署員が関係者から事情を聞いたそうだが、嘘偽りなくそういうことらしい。にわかには信じがたい事案だから、おれのところまで情報が上がってきたと、まあ、こういうわけだ」

「なるほど。生き返った遺体はどこへ行ったんでしょうか？」

島崎は驚いて祐一を見た。

「この話を聞いて最初に浮かんだ疑問がそれか？　死者が生き返ったことに対する疑問はなしか？　蘇生者《そせいしゃ》はどこかへ消えた。行方はわからない」

確かに最初に口にする質問ではなかったと後悔しながら、この話を聞かされた誰もが思うだろう言葉をつぶやいた。

「ありえませんね」

近年になっても海外では死亡宣告をされた数時間後、死者が蘇生したというケースがごく稀《まれ》に見受けられると聞いている。そんな死亡宣告後の死者の蘇生が稀にあるため、「墓地、埋葬等に関する法律」の第3条では、死亡後二十四時間以内での埋葬や火葬は禁止されている。二十四時間経っていれば、その死体は〝ちゃんと死ぬ〟だろうという判断からだ。

祐一は寡聞《かぶん》にしてこの国で死亡宣告後に蘇生したというケースを聞いたことがないし、まして死亡宣告後二十四時間以上経ってから蘇生するなど、医学的な見地から考えてもありえないことだった。

帝都《ていと》大学理工学部で生理学や生化学を学んできた人間の言う「ありえませんね」は重い言葉だった。

「ありえませんねと言われても、実際、目撃者もいるんだ」

「ラザロ徴候では？」

そう口にしてすぐに、軽はずみなことを言ったと祐一は後悔した。

ラザロ徴候とは、脳死した患者の手足が自発的に動く現象のことだ。脳死の場合、患者の脳以外の臓器はまだ生きている。ラザロ徴候は低酸素による脊髄《せきずい》反射のためと説明されるが、理由はいまだわかっていない。

身構えていたかのように、島崎の目がいやらしく光った。

「コヒ、おまえはインテリぶってたまに浅知恵をひけらかすことがあるな。それがいまだ！　今回のケースは四件とも脳死ではなく、脳、心臓、肺の三つの機能が停止した、いわば〝個体死〟だった。ラザロ徴候が起こるはずがないんだよ。だいたいラザロ徴候でも、死者が立ち上がって、逃げ出したなんて話は聞いたことがない。だいたいおまえはラザロを知ってるのか？　ラザロっていうのは――」

話が長くなりそうなので、あわてて割って入った。

「わかりましたわかりました。すみません。うっすらとした知識でものを言ってしまって……。なるほど、そうですか。死者がよみがえったと……。実に興味深い案件です。まさにSCISに打ってつけの」

島崎が非難がましい目でまだ見ていた。

「……目下、警察は四人の〝蘇生者〟の行方を追っている」

「蘇生者……」

「ああ、生き返った者をそう呼ぶことにした。オカルト映画に出てくるフレーズみたいだがな。四人の蘇生者は依然行方不明のまま。手がかりはまったくつかめていない。死者がよみがえるとは、いったいどんなカラクリがあるのか、そして、蘇生者はどこへ消えたのか……。さっそくSCISを立ち上げて捜査してくれ。以上だ」

祐一はオフィスに戻り、自席に腰を下ろすと、束の間ぼんやりとした。

死者がよみがえった……だって？

いまマイナス一九六度の液体窒素の中で眠る妻の亜美を思わずにいられない。

死者をよみがえらせる技術があれば、自分はそれを知りたいし、手に入れたい。

祐一はスマホを取り出して、さっそく最上友紀子にかけた。通じた瞬間に黄色い笑い声が響いた。

「あー、ごめんごめん。祐一君だよね。おっはー！　元気してる？」

最上友紀子は、帝都大学理工学部を首席で卒業後、ハーバード大学大学院に進学、ポスドク、准教授、教授と奇跡的な速さで出世し、再び帝都大学に舞い戻り、大学開校以来、二十九歳という最年少の教授となった天才科学者である。二年の間に、各学会における常識、主流派の学説、重鎮らの権威を覆《くつがえ》す革新的な研究論文を発表したため、十三もの学会から爪弾《つまはじ》きに遭った過去を持つが、それこそ最上が天才的であることの証左である。

五年前に最上博士は右腕である速水真緒をおそらくは他殺で失っており、そのときの捜査で出会ったことが縁となり、祐一は最上をＳＣＩＳのメンバーの一員として引き入れたのだった。

「最上先生、お世話様です。実はその――」

「わたし？　わたしはいまね、ニホンヤモリと格闘しているところ。ほら、七日に一度は糞だらけの土を取り替えなきゃならないでしょ。でも、これがめっちゃすばしっこくってね。あ、わたしはね、ヤモリは大きかったりカラフルだったりする外国産のものより、素朴な趣きのあるニホンヤモリが一番好き。あっ、ヤモリとイモリの違いっていうのは――」

「聞いていませんよ。ヤモリとイモリの違いを、わたしは聞いていません」

ぴしゃりと言った。最上はたまにどうでもいい話を長々とすることがある。

「夜になると壁にぴたりと張り付いて、背中を触るとビロードのような触り心地を保証してくれるのがヤモリ。一方のイモリは――」

「二度目ですが、聞いていません。あの、お忙しそうですので、のちほどかけ直しましょうか」

「ううん、大丈夫。視覚と嗅覚と味覚と触覚はこっちで集中してるけど、聴覚だけは祐一君に向けてるから、言って」

そんな器用なことができるのかといぶかりながらも、天才科学者とも呼ばれる最上博士ならできるかもしれないと思い、祐一は話すことにした。

「――とまあ、信じがたいことですが、こういうことなんです」

十分くらい時間をかけて詳しく話しただろうか。

「ん？　祐一君、ごめんごめん。やっぱり聴覚だけそっちに向けることってできないんだね。たとえわたしが天才的な頭脳を持った科学者でもね。ごめんね。十分後あらためて電話してね」

電話が切られた。

祐一はそれから十分後、二十分後、三十分後に連絡を入れ、五十分後にようやく最上をつかまえた。

「ごめんごめん。思いの外《ほか》時間がかかってしまったのね。で、何？」

祐一は何度も呑み込んだはずの怒りをまたも呑み下してから口を開いた。今度はシンプルに依頼の言葉を口にした。

「実はまた例のＳＣＩＳ絡みの案件がありまして、捜査の要請を受けました。最上博士にもぜひご協力いただきたく思います」

「うん、いいよ！　もちろん、いいよ！　だって、ＳＣＩＳの最後の〝Ｓ〟の〝スクワッド〟にはわたしが入ってるんだもんね。逆に言うと、わたしがいなかったら、ＳＣＩＳはＳＣＩＳではなくなっちゃうって言っても過言ではないもんね」

「ええ、過言ではないかもしれませんね」

数秒の間があった。本心からその言葉を発しているのかと判断するような時間だ。いつから最上はそんなに恩着せがましくなったのだろう。

「じゃあ、行きます」

祐一は内心ほっとした。

できれば、いますぐにでも飛行機に乗ってやってきてもらいたいくらいなのだが、最上には確認しなければならないことがあった。

「あの、念のためお聞きしますが、博士はやっぱり、どうしても、何があっても、飛行機には乗っていただくことはできませんか？」

「やっぱり、どうしても、何があっても、できません」

最上は息をすっと吸った。

「前に言ったことを繰り返そうか？　だから、飛行機が飛ぶ原理はまだ科学的に解明されたわけじゃなくって、ベルヌーイの定理でも説明できるわけじゃ――」

「わかりました。明日の朝一番でフェリーに乗られて来てください！」

祐一は早口に言うと通話を切った。

3

最上博士がいないからといって、待機している場合ではない。

祐一は、警視庁捜査一課の第五強行犯、殺人犯捜査第七係の長谷部《はせべ》勉《つとむ》警部と連絡を取り、至急捜査に着手するよう要請した。ＳＣＩＳはその長を小比類巻祐一が務め、祐一より十三歳年上、四十七歳の長谷部を係長として、その下に長谷部の三人の個性的な部下たちから成っている。祐一と一歳違いの三十五歳で、見た目チャラいが意外に頼りがいのある玉置《たまき》孝《たかし》巡査部長、見かけは四十代に見えるが意外に若い二十六歳の山中森《やまなかもり》生《お》巡査、今年で三十路になることを少しだけ気にしているのか、いつもイラついた感じの奥田《おくだ》玲音《れおん》巡査――。

長谷部は三人の部下には、蘇生した患者家族や葬儀屋の聴取に向かわせ、祐一と自分は国分寺和水総合病院を訪ねることにした。

運転を長谷部に任せ、祐一は助手席で蘇生者たちの死亡診断書にあらためて目を通した。しかし、それはふりで、もしも本当に死者がよみがえるのだとしたら、その技術をなんとか亜美に応用できないかと、そんなことばかりを繰り返し考えていた。

永い眠りから覚めた亜美に、最初に何と声をかけてやったらいいだろう。

もしも、解凍が上手《うま》くいかず、人格や記憶に影響が出て、亜美が自分のことを覚えていなかったら？

二人の思い出の初めからを写真や画像を見せながら延々と語り、それでも、目覚めた亜美は別の亜美で、祐一のことを愛してくれなかったら？

二人の愛の結晶である星来を愛してくれなかったら？

祐一は瞳に浮かんだ涙を、長谷部に気づかれないように、そっと指の腹でぬぐった。

次の瞬間には口元に笑みをつくる。蘇生できるかどうかもまだわからないのに、自分は何と気の早い心配をしていたことか。

さっきから止まない音に気づいて、祐一はふと隣を見た。長谷部がハンドルを両手でパチパチパチとリズミカルに叩いていた。人は陽気な気分のときによくこういうことをやるものだが。いまこのときに、陽気になれる要素など一つも見当たらなかった。長谷部も同じように目の前の事件ではなく、楽しい思い出にでも浸《ひた》っていたのか。

長谷部がちらっと祐一のほうを向いた。その顔にはまだ陽気な笑みが張り付いていたので、祐一は長谷部が他《ほか》でもないこの状況を楽しんでいるのだと知ってむっとした。

「コヒさん、死者が生き返るなんて、なんだかゾンビ映画みたいな話だよな」

祐一は自分の眉根《まゆね》が狭まるのを感じながら何とか冷静に応じた。

「……ゾンビ映画ですか？」

「そう。映画やドラマに出てくるゾンビってさ、人をゾンビにするゾンビウイルスに感染したやつに襲われて、ゾンビになるんだよ。で、感染したそいつがまた他のやつを噛むと、そいつもまたゾンビになっていく……。まあ、ネズミ算式にゾンビが増えていくんだよ」

「それは大変に忌《い》まわしい現象ですね」

「何か、ゾンビ映画の世界に入り込んだみたいでさ。コヒさん、おれ、何だかワクワクするわ」

長谷部は悪い人間ではないが、大の映画マニアなのだ。ＳＣＩＳが担当する最先端科学の絡んだ事件は、ハリウッドのＳＦ映画などで扱われてもおかしくない題材のものばかりなので、彼としては自分の仕事が大好きな映画とのリンクが増えて嬉しくてたまらないのだろう。

ひょっとすると恐ろしいことに、ハリウッド映画や海外ドラマに登場するような刑事を地で行っているとか、勘違いして、そう思っている可能性すらあった。

「コヒさん、そのうちさ、捜査車両を左ハンドルにしようかって思ってるんだ」

長谷部は間違いなく勘違いしているようだ。

映画好きなのはかまわないのだが、凄惨《せいさん》な事件が起きているときに、どうでもいい映画の話をされるのは不謹慎である。

「長谷部さん、当たり前のことを言いますが、この世にゾンビなんていません」

祐一のつっけんどんな言い方に長谷部は苦笑いをした。

「わかってる。わかってるけどさ、実際、死人がよみがえってるんだからさ」

祐一は渋面《じゅうめん》をつくった。ゾンビもありえないが、死者がよみがえることも十分にありえない。

「現実にいったい何が起こったのか。真実は何か。情報収集が必要です」

土屋健太郎の死亡宣告をした国分寺和水総合病院に到着した。駅から五分の距離に、白亜《はくあ》の二階建ての病院が建っていた。総合病院のわりにそう広くない規模であり、地域密着型の困ったときの駆け込み寺といった感じだった。実際、高齢者たちがロビーにはもちろん、通路に並ぶベンチにも大勢たむろしていた。重病を患っているようには見えないのだが。

先方には事前に訪問する旨《むね》を伝えていた。長谷部がロビーの受付で来意を告げると、通路の奥から六十がらみの白衣を着た男がやってきた。男に案内されて、二人は中庭と呼ばれるスペースへ移動した。数脚のテーブルセットがあり、その一つを囲むように座った。

白衣の男は北川和夫。土屋健太郎の死亡確認をした医師で、顎鬚《あごひげ》を生やし、猛禽《もうきん》類を想起させる大きな目と鼻が印象的だった。老けて見えはするが、経験豊富でさらに有能そうだった。物事を見誤ったり、判断をミスしたりするタイプとはほど遠い印象である。

祐一があらためて来意を説明すると、北川は少し苛立《いらだ》った顔つきになった。

「最初に申し上げておきますが、患者の土屋健太郎さんの死亡については、わたしが間違いなく確認しました。瞳孔の対光反射、心音、呼吸音、脈拍もすべて測りましたが、反応はありませんでした。わたしの判断ミスではないということです。他の看護師たちもその場に居合わせています」

祐一は、わかりますようなずきながらも尋ねた。

「しかし、それからおよそ一日半後に、葬儀場の棺の中で土屋さんは息を吹き返したそうなんですが、そういったことはありえますか？」

北川は馬鹿馬鹿しいと鼻を鳴らした。

「死後二十四時間以上経った遺体が息を吹き返すなんてことは絶対にありえません。先進国でないところでは、死後数十分とか数時間後に息を吹き返したという事案がたびたびあるそうですが、それらのケースではそもそも患者は死んでいなかったんです。程度の低い医師による誤診ですよ」

「しかし、実際に起きているわけで――」

「葬儀屋のほうで遺体を取り違えたんでしょう。別の医師が誤診した遺体を間違えて土屋さんの棺に入れていたか。あるいは、趣味の悪いいたずらでしょう。誰かが謝りに来ますよ」

「いや、いたずらでも別の遺体でもないようです」

玉置と森生、玲音に連れられて、もう一人の男がやってきた。三十代半ば、黒いスーツに黒いネクタイを締めた、地味な風貌かつ生気の失せた男だ。男が齋藤セレモニーという葬儀屋に勤めるスタッフと聞いて納得した。

「いま葬儀場にあるご遺体の収容スペースをすべて確認いたしましたが、土屋健太郎さんのご遺体だけが消えています」

北川が怒って言った。

「じゃあ、いたずらだ」

「いや、そうじゃないようですよ」

玉置孝は長身のイケメンだが、下品なほどの茶髪に、いつもガムを嚙んでおり、とても刑事には見えないが、長谷部曰く、優秀な捜査員であるという。いまも型の崩れたグレーのスーツを着て、やはりガムを嚙んでいて、周囲にブルーベリーの匂いを放っていた。

玉置は小脇に抱えていたノートパソコンをテーブルの上に置いた。

「こちらの葬儀屋さんのエントランスに設置された防犯カメラの映像です」

パソコンの画面に映像が流れた。ふらふらとした足取りの男が現れた。白装束に、足下は足袋《たび》に草履という出で立ちである。そんな男がゆらりゆらりと身体を揺らしながら、カメラの前を横切り、出口へと歩いていく模様が映っていた。

滑稽に見えなくもない。山中森生が口に手を当てた。ぽっちゃりとした子熊のような体型を震わせている。笑いを堪《こら》えているのだ。黒々とした髪は逆立ち、大きな黒縁の眼鏡をかけ、いつも額には汗がにじんでいる。「見た目は四十代、体力も四十代、心の中は中学生」という彼のキャッチフレーズがいまも耳に残っている。

「不謹慎！」

奥田玲音が森生の頭を後ろから小突いた。いつもダークグレーのパンツスーツ姿という玲音は、唯一優秀な刑事っぽい雰囲気を醸《かも》し出している。表向き冷静沈着に見えるが、その実は、すぐにテンパる短気な気性の持ち主である。

「すいません。で、でも、これまるでゾンビみたいで……。ふふ」

森生は玲音にかまってもらって少し嬉しそうだ。

案の定、長谷部が目を輝かせていた。

「腐乱する前のゾンビはこんな感じだな」

長谷部の描写が適切だったので、あえて祐一は聞こえないふりをした。

玉置が北川に尋ねた。

「これって、センセーが死亡宣告した土屋健太郎さんっすよね？」

「そ、そんな馬鹿な……」

北川はパソコンの画面の前で凍り付いてしまった。

「ほら、やっぱりおれが言ったとおり、これはゾンビウイルス――」

長谷部にすべてをしゃべらせる前に、祐一は言った。

「最上博士を待つしかなさそうですね」

4

翌日、最上博士を出迎えに、祐一と長谷部は白のクラウンを走らせ、竹芝《たけしば》桟橋の客船ターミナルへ向かった。

ピンクのキャリーバッグを引いた最上友紀子は、相変わらずのおかっぱ頭をして、なかなかの美人ながらも彫りの浅い和風な顔に薄めのナチュラルなメイクで、真っ赤なコートを羽織り、デニムのホットパンツ姿という出で立ちだった。ファッションは変わらないが、面立ちが少しだけ大人っぽくなっただろうか。

「祐一君に、ハッセー！　二人とも元気だった？」

「ご無沙汰しています、博士」

祐一は畏《かしこ》まって頭を下げたが、長谷部は軽く手を上げて応じた。

「おー、ユッキーも元気そうで、なによりだな」

長谷部や彼の部下たちまでもが最上とフレンドリーに接しているようだったが、祐一だけは最上との心理的な距離を詰めることができずにいた。学生時代、最上の天才性を目の当たりにした人間として、最上に畏敬《いけい》の念があるのだ。

「それにしても、東京はまだ寒いね。八丈島《はちじょうじま》は常春《とこはる》の島だから暖かいからね」

祐一はホットパンツからすらりと伸びた足をちらりと見たが、何も言わなかった。

長谷部は寒気が感染したように身震いすると、二回くしゃみをした。

「博士を見てるだけでこっちまで寒くなってきた……。おれ、昨日からちょっと風邪気味でくしゃみが出るんだよ。大丈夫。たぶんコロナじゃないから」

長谷部は白い簡易マスクをしていた。

「刑事の仕事はテレワークってわけにもいかないからな。近所の医者に行って抗生物質もらってこなきゃ」

「本部庁舎近くのクリニックで降ろしますよ。では、行きましょうか」

祐一は二人を促したが、最上は聞いておらず、長谷部に顔を向けた。

「抗生物質を飲んでも風邪は治らないんだよ」

「え？　だって、風邪で医者にかかるとたいてい抗生物質、処方されるだろ」

「あのね、抗生物質って細菌を殺すための薬であって、ウイルスにはまったく効果ないの。風邪はウイルスが原因だからね」

「博士？　長谷部さん？」

祐一の呼びかけに、二人とも答えなかった。

「ええっと、細菌とウイルスって違うの？」

長谷部の問いに最上が驚愕《きょうがく》の表情を見せる。

「まるで違うよ。細菌は生物だけど、ウイルスが生物なのか無生物なのかは、学者の間でも意見が分かれてるからね。わたしはウイルスは生物じゃないって思ってるし」

「は？　ウイルスは生物じゃない？　は？」

「あのね、ウイルスってね、生命の最小単位である細胞がなくて、たんぱく質でできた殻とその中に遺伝情報の入った核酸《かくさん》だけで構成される物質なのね。他の細胞に感染しないと自己増殖すらできないのね」

「は、はい……」

「だから、細菌感染に対しては抗生物質を処方するけど、ウイルス感染には抗ウイルス薬を処方しないといけないんだよ。インフルエンザで処方されるタミフルやリレンザは抗ウイルス薬だよ。でも、ウイルスは増殖とともに恐るべきスピードで変異するから、なかなか抗ウイルス薬が効かないんだよね。昔から風邪を完全に治す薬を発明したらノーベル賞だって言われるのは、そのためだよ」

「うん、最後のフレーズだけ理解できたわ。じゃ、コヒさん、行きますか」

長谷部が祐一のほうに足を向けたが、最上はまだ話を終わらせる気はないようだった。

「風邪を引いて、もしも抗生物質なんか飲んじゃったら、善玉悪玉関係なく腸内細菌が死滅しちゃうんだよ。だから、わたしはお医者さんにも風邪で抗生物質は処方しちゃいけないって、日ごろから口を酸《す》っぱくして言ってるの。抗生物質の過剰使用は抗生物質に耐性を持つ細菌を生み出してしまうからね。だいたい、諸外国では風邪やインフルエンザくらいでは医者にかからないし、病院に行っても薬なんて出ないんだから――」

最上の説教のようなものが止まりそうもなかったので、祐一は機転を利かせて科学的興味を引く疑問を投げかけてみることにした。

「最上博士、死んだ人間を生き返らせることが科学的に可能でしょうか？」

最上はぴたりと口をつぐんだ。疑問の答えに思考をめぐらせていたようだったが、すぐに何か気に障ったような顔つきになった。

「祐一君、そのさ、何かの現象が科学的に可能かどうかっていう聞き方、やめてくれないかな。だってさ、科学って不可能を可能にしようと挑戦する学問なんだもん。科学的に可能かどうかっていう表現は自己矛盾を含むものだよね」

いささか詭弁《きべん》ではないかとも思ったが、話が先に進まないので祐一は表現の仕方を変えた。

「では、科学的な可能性について説明をお願いできますか？」

最上は満足げにうなずくと、すらすらと話し始めた。

「うむ。アメリカのバイオテクノロジー会社のバイオクオーク社はね、外傷性脳損傷で死亡宣告された患者に、その患者の血液から採取された幹《かん》細胞を注入することで脳をリセットしようとしているんだよ。

とはいえ、とはいえだよ。いまだに死者をよみがえらせたという話は聞いたことがないから、幹細胞だけでは死者をよみがえらせることは難しいんだと思う」

「でも、実際に、死者が生き返ったようなんです」

「うーむ……」

長谷部がちょっと余裕を取り戻した様子で口を挟んできた。

「それこそ、ウイルスじゃないのかって話だよ。映画ではゾンビウイルスに感染した死者がよみがえったりしてるから」

最上は冷めた目で長谷部を見た。

「『バイオハザード』のことを言っているんだとしたら、あれは死んだ人じゃなくて、生きている人がゾンビに嚙まれてゾンビになるんだよ。死者がよみがえるわけじゃないんだよ」

「あ、そっか……」

「ハッセーって映画好きを公言してるわりに、浅いね」

「むっ」

「ゾンビウイルスのこと、わかってないようだから、教えてあげるね。ゾンビウイルスのモデルは狂犬病ウイルスだって言われているんだよ。狂犬病っていうのはね、日本ではほぼ根絶されたんだけど、いまでも世界では毎年五万人くらい死者を出しているのね。人の場合、主に狂犬病に感染した犬に噛まれることで感染して、発病後の症状としては、凶暴化や精神錯乱なんかがあって、まさに人を襲うゾンビそのものだよね。一度発症すると、致死率はエボラ出血熱をしのぐ一〇〇パーセント。治療法もない。とはいえ、ワクチンはあって、発症する前ならワクチンが有効なんだけどね」

祐一は同じ病院で四人の蘇生者が出ていることから考えて尋ねた。

「ウイルスが原因の可能性がありますか？」

「そうだね。同じ院内でほぼ同時期に蘇生者が出たってことは、何らかの病原体に院内感染した結果とも考えられるけど……。祐一君、亡くなった患者さんの身体には、注射痕のようなものはなかった？」

祐一は四枚の死亡診断書を取り出した。

「土屋健太郎と安田凜子の診断書に、左腕に注射痕のようなものが見受けられたとあります」

「なるほどなるほど。たぶん他の二人にもあったのかもしれないけど、診察した医師が見落としたのかもしれないね」

長谷部が怪訝《けげん》な顔で最上を見やる。

「その注射針の痕がどうしたんだ？」

「人がウイルスや細菌なんかの病原体に感染して発症するためには、血液の流れが必要だからね。人間が死ぬというのはね、まず心肺が停止するよね、すると、外から空気を取り入れられなくなって、血液の流れが止まるから、身体中の細胞に酸素を届けられなくなるのね。

そうすると、脳細胞は酸素不足になって死滅しちゃう。その間わずか十分くらい。脳細胞が死んじゃったら、もう回復はできない。生き返ることなんてできない。だから、脳細胞が死ぬ前に、そして、まだ息があって血液循環があるうちに、何者かは注射器で血中に病原体を注入したわけだね。病原体が血液に乗って全身をめぐるからね」

「つまりは、何者かが意図的に患者に病原体を感染させたっていうんですね？」

「うん。注射器の痕があるっていうのはそういうことだと思うよ。誰か一人が感染して、院内で広がったのかなぁとも思ったけど」

長谷部が尋ねた。

「その病原体はいったいどうやって死者を生き返らせたんだ？　メカニズムは？」

「それはそのぅ――」

最上の長広舌《ちょうこうぜつ》が始まる前に、祐一は主導権を奪うことにした。

「なぜ死者がよみがえったのかの謎解きは、あとにしましょう。誰が死者を蘇生させたのか、死者はどこへ消えたのか。そっちを先に突き止めましょう」

長谷部が深くうなずいた。

「そう、それだよ。あとさ、犯人が死んだ人間を生き返らせた理由も知りたいよな。趣味が悪いとしか言いようがない」

その言葉に、祐一の心は傷ついた。

死んだ人間を生き返らせようと図ることは趣味の悪いことなのだろうか。

死んだ妻を、本人の了承もなく、マイナス一九六度の液体窒素漬けにして、生き返る日を待つような行為は、神をも恐れぬ行為なのだろうか。

最上が穏やかな声で言った。

「ハッセー、人は亡くなった愛する人にはまた会いたいって思うものだよ」

長谷部は目をしばたたき、隣にいる祐一を見て気まずいように顔をしかめた。祐一が妻をがんで亡くしていることを思い出したようだった。

「そりゃそうだな。じゃあ、蘇生者の家族が怪しいんじゃないか。コヒさん、一番最初に生き返ったのは誰だ?」

祐一は玉置たちから昨日受け取った資料を手に取った。最初の蘇生者は安田凜子であり、二十三歳と若いが、不幸にもインフルエンザで死亡している。

両親の職業欄を見て、「あっ」と声を上げた。

母親の安田弥生《やよい》は生物学者だったのだ。


安田雅典《まさのり》と弥生夫婦の住居は国立市にあった。一戸建ての家が建ち並ぶ閑静な住宅街に、黒い瓦屋根と灰色の外壁が落ち着いて見える、こぢんまりとした二階建ての古びた家があり、家人が植栽が好きなのだろう、庭には高木から低木、草花までがバランスを配して植えられていた。どれも几帳面《きちょうめん》なほどに剪定《せんてい》されており、無駄なものが一つもない人工的な庭だった。

安田夫婦の間には凜子以外に子供はない。安田雅典も大学で生物学を教えていたようだが、いまは退職して、専門書の翻訳の仕事をしているらしい。

長谷部がインターフォンを鳴らすと、玄関の扉が開いて、中年の男が顔を出した。安田雅典だ。七割方白くなった髪を真ん中から分け、黒縁の眼鏡をかけていた。服装は上が紺色のセーター、下がジーンズ。口と鼻を覆う白いマスクをしている。清潔な身なりに見えたが、その本人は昼間っから酒を呑んでいるようで、顔が赤く目つきに生気がなかった。

祐一は思わず目をそむけた。見ていられなかったのだ。

愛する者の死を受け入れられず、酒に逃れるしかすべのない男が憐《あわ》れに思えたからではない。愛する者の遺体を、本人の了承もなく、ただ自分の身勝手のために、冷凍保存して、一縷《いちる》の望みを抱いている自分がより憐れに思えたからだ。

いつか最上が言っていたように、亜美は蘇生を望んでいないかもしれない。

祐一とその間に生まれた星来に、自分が見たかった未来と希望を託して死んでいった。亜美はそのつもりでいるのかもしれない。

冷凍保存をするという行為は、亜美への冒瀆《ぼうとく》であったかもしれない。

庭に面したリビングに案内されたが、祐一は、そんなことではいけないのだが、気もそぞろだった。

額に嫌な汗が浮き出した。祐一はハンカチを取り出すと、押さえるようにぬぐった。

「大丈夫？　風邪？　それともインフル？」

横から最上がうかがうように言った。

「いえ、大丈夫です。外気温と室温の寒暖差にちょっと参ることがあるんです」

適当なことを言って誤魔化した。

祐一と長谷部がソファに腰を下ろしたが、最上は庭に面する大きな窓辺に歩み寄ると、

「メジロが集まりそうな柿の木があるんだね」

などと、どうでもいいことを言った。雅典も気にしたようではなかった。

テーブルの上には、ウイスキーの瓶と飲みかけのグラスが置かれ、雅典は自嘲《じちょう》したように顔を歪めた。

「すみません。こんな体《てい》たらくで。娘から妻もわたしもインフルをもらってしまいましてね。いままで一度もかかったことがなかったんですが。ほぼ治っていますので、ご安心ください」

「ご不幸があって間もないうちにすみません。ただ特別な事案ですので、ご協力をいただけませんでしょうか？」

雅典は初めて表情を顔に出した。嫌がったようなのだ。どこかおびえているようにも見える。

祐一は「おや？」と違和感を覚えた。一度は死んだ人間とはいえ、家族の行方がわからなくなり、警察が動いていると知れば、捜査状況を知りたいと思うだろうし、少しでも協力したいと思うのが普通だろう。

長谷部が努めて軽い口調で尋ねた。

「奥さんはいま、どちらに？」

生物学者である安田弥生がこちらの狙いである。

雅典は力なく首を振り、ため息交じりに答えた。

「それがわからないんです。音信不通で」

「いつからですか？」

「四月四日です」

娘の安田凜子が死亡した翌日、生き返った日である。安田弥生は凜子を追うようにして、一緒に行方をくらましたということか。

雅典は一人きりに取り残され、孤独と悲しみに沈んでいるわけだ。

祐一は首をひねった。やはり、どこかおびえているようにも見える。なぜだろうか。

「凜子さんは蘇生されたそうですが、何か思い当たる節はありますか？」

「いえ、いままでも信じられません。凜子が生き返っただなんて……」

「同じ病院で他にも三人、蘇生者が出ています」

「そうなんですか……」

そう言ったきり、雅典は重い沈黙に沈んでしまった。

長谷部が尋ねた。

「奥さんは凜子さんと一緒にいるんじゃないですか？　二人の行き先をどこか知りませんかね？」

「わかりません。妻の実家や職場には連絡しましたが、二人とも見つかっていません」

「奥さんは生物学者だそうですが、何の研究をされていたんですか？」

再び祐一が尋ねると、雅典はまたあのおびえた目を見せた。

彼の胸の中で葛藤《かっとう》があったのだろう、少しの間ののち、口を開いた。

「ウイルスです」

「やっぱりな……」

長谷部が賭けに勝ったような小さなガッツポーズをした。

祐一は見て見ぬふりをして、興味を引かれるままに尋ねた。

「どんなウイルスの研究ですか？」

「巨大ウイルスの研究です。ウイルスとはもともと数十ナノメートル程度の極めて小さいものですが、近年になって、細菌と見まがうばかりの巨大なウイルスが次々に発見されるようになったんです。大きさもそうですが、内包する遺伝子の数も桁《けた》違いに多いのです」

「ほう、それは非常に興味深いですね」

「ええ。ご存じかわかりませんが、これまで生物学者たちはウイルスを生命の一形態として認めてきませんでした。生物の世界は、真核生物、細菌、古細菌の三つに分類されるといわれています。生命の樹が枝分かれしていって、地球上にさまざまな生命体が生まれたわけですが、その根っこがこの三つに分かれているというイメージです。ドメインと呼ばれています。われわれ人類は真核生物のドメインで、動植物からアメーバなどの原生生物まで広く真核生物に分類されます。残りの二つ、細菌と古細菌は名称も形態も似ていますが、非なるもので、完全に異なる進化の道筋をたどってきたことがDNA解析からわかっています」

「なるほど。よーくわかります」

などと平坦な声で言い、長谷部はちんぷんかんぷんなようだったが、祐一は話についていくことができた。

進化論が真実ならば、地球上に最初に誕生した生命というものがあり、その最初の生命が進化していき、やがて細菌やアメーバなどが生まれ、植物、動物、そして、人類が誕生したことになる。

遡《さかのぼ》ればたった一つの最初の生命体があるはずである。生物学者たちはそれを全種共通祖先（LUCA《ルカ》）と名付け、いまも探し続けている。

「妻は、ウイルスが四番目のドメインになるという説を提唱していました。生命の樹の根っこは四つに分かれていると考えたのです。自己複製できず、他者の細胞に寄生せずには増殖できない、ウイルスなるものがなぜ生まれえたのか。ウイルスとは生命にとって、この惑星にとって、何であるのか？」

「ずいぶんとスケールの大きな話だな」

長谷部が無感動に言葉を発した。

庭のほうを向いたまま、最上が話に入ってきた。

「うんうん、ウイルスの存在意義だよね。その一つは見当がついているんだ。ウイルス進化論っていうんだけど、ウイルスは地球上の生物を変化させるために存在するんだよ。人類だって、ウイルスによって人類に進化したんだもんね」

長谷部が啞然《あぜん》とした。

「ウイルスが人類を進化させた⁉　冗談だろう？　インフルエンザにしろ、エイズだのエボラにしろ、ウイルスなんて人間に害しかもたらさないじゃないか」

最上がウイルス進化論について長広舌《ちょうこうぜつ》を振るう前に、祐一は簡単な補足を加えることにした。

「進化論の提唱者であるチャールズ・ダーウィンによれば、進化とは適者生存の原理です。自然環境によってふるい分けられ生き残ったものだけが進化の糸を紡《つむ》いでいくわけですが、ミクロの視点で言い換えれば、進化とは突然変異を意味します。ＤＮＡの塩基《えんき》配列《はいれつ》の物理的な変化、新たな有益な遺伝子の獲得です。ヒトはサルよりも大きな大脳皮《だいのうひ》質《しつ》を生み出す遺伝子を獲得したことで、ヒトへと進化しました」

最上がさっそく口を開いた。

「あのね、遺伝子って親から子供へと垂直に伝わるでしょう？　それだと、環境に適応する有益な突然変異が生まれるのを待たなくっちゃならないのね。突然変異ってたいてい有害だから、これってすっごく時間がかかるのね。

でも、もしも遺伝子が個体から個体へと水平に伝われることができれば、有益な突然変異を待つ必要がなくなるわけ。これができるのがウイルスなのね」

「はあ」

長谷部は薄い返事をした。

最上はかまわなかった。

「ウイルスっていうのはね、宿主《やどぬし》の細胞に感染するでしょ。そうすると、細胞の中に入り込んで、ウイルスが持っている遺伝子の一部を宿主の核の中の遺伝子にちょこっと組み込むの。一部のウイルスはそれをやれるのね。

だからね、ある生物がウイルスに感染すると、ちょこっとだけ核の中にウイルスの遺伝子が残っちゃうんだよ。

ゲノムっていうのは、核の中の染色体にある全遺伝情報のことなんだけど、ウイルスに感染する前と後とでは、宿主のゲノム情報がちょこっと書き換わっちゃうのね」

「ヤだ、それ怖い……。おれの遺伝子勝手に変えられたくないな」

「でも、そうなの。このちょこっと書き換わった部分が意味のある遺伝子だった場合、そして、体細胞じゃなくて子孫に遺伝する生殖細胞で起こった場合、首を長くするとかね、鼻を長くするとかする場合にはね、宿主は首が長くなってキリンになったり、鼻が長くなってゾウになったりするってわけ。そうやって、進化は起こってきたんじゃないかってことなんだよ」

長谷部は信じられないというような顔をしていた。ウイルスに対する嫌悪感が丸出しの表情だった。

「でも、ま、しょせん仮説だろ」

「ううん、もはやウイルス進化論は仮説じゃないんだよ。人間を含む哺乳動物の胎盤形成に関与する、シンシチンというタンパク質をコードする遺伝子が、ウイルス由来であることが判明しているんだもん。そういうことがね、わかるの。わたしたちの身体の中に証拠として眠っているからね。だってさ、ハッセーの身体のゲノムのね、およそ三分の一はウイルス由来のものなんだからね」

最上はびしっと長谷部に向かって人差し指を突きつけた。

「それはつまり、ハッセーの三分の一はウイルスだって言っているのに等しいと言っても過言ではないってことなんだからね！」

長谷部は最上の人差し指を微妙に避けた。

「話をおれでたとえておれを怖がらせるのはやめろ。おれは霊長類の雄《ゆう》たる人間なんだっていうアイデンティティを失いたくない」

雅典が最上に向かって言った。

「弥生もウイルス進化論を信奉していました。ウイルスは人類をどこへ連れて行くのかと考えていましたよ」

「できれば、超能力を操れるようになりたいよなぁ。手から炎が出たり、あ、時を止められるっていうのもいいな」

長谷部は軽口を叩いたが、内心では怒っているようだった。

「奥さんはウイルス進化の研究をしていた。ウイルスを使って人類を進化させようと……。奥さんが目指していた進化の先にあるものは不老不死だったわけだ。死に直面した人間を対象に、進化的なウイルスを投与して、また新たに生を与える。これを繰り返せば永遠に生きられる。自分の娘を使って人体実験していたんだ！」

ＳＣＩＳのメンバーの中で、生命倫理についてもっともうるさいのは、もっとも保守的な思考を持った長谷部だ。

祐一は日本国民の中に長谷部と同じ倫理観を持った人口がどのくらいいるだろうかと考えたことがある。五〇パーセントいるだろうか。拮抗《きっこう》しているだろうか。

目に見えているのは、誰もがみな自分の番になれば、昨日まで持っていた生命倫理など簡単に手放してしまうだろうことだ。

実際に、祐一がそうしてきたからだ。

自分のため、愛する者のためならば、悪魔に命を売り渡すことも厭《いと》わない。

それが人間というものだ。

雅典は、長谷部に責められたのは自分であるかのようにうなだれていた。

「妻は娘が亡くなる直前まで大学のほうで熱心に何かを研究していたんです。こちらが何の研究かと聞いても、教えてくれませんでした。本当に妻が死者を生き返らせるウイルスを開発したんだとしたら罪深いことです」

今回の事案にウイルスが関与しているのは確かなようだ。安田弥生は娘の凜子をよみがえらせたかったようだが、実際には他にも三人がよみがえっている。

他の三人の蘇生者はなぜよみがえったのだろう。最上はもう一人の土屋健太郎の左腕にも注射痕があったことから、人為的に感染が行われたのだろうと推測してみせたが。

「他に三人、同じ病院から蘇生者が出ています。この方々をご存じありませんか？」

祐一は、他の三人の死亡診断書を雅典に見せた。

「さあ、わたしは知りません。院内感染した可能性もあると思いますが」

雅典は両手に顔をうずめると、人目もはばからず嗚咽《おえつ》した。

「どうか妻を許してやってください。弥生は凜子の死を受け入れられなかったんです」

祐一は痛みを感じながら雅典を見ていた。

安田夫妻は自分の映し鏡でもあるのだと。

庭のほうをながめていた最上がソファにすとんと腰を下ろした。

「あのね、さっきからずっと通りの先に黒い車が停まっているんだけど、運転席に人が座ったまんまなんだよね。何してるのかなぁって思って」

長谷部が血相を変えて、立ち上がって玄関に向かった。

「コヒさん、ちょっと様子を見てくる。危ないから二人はここで待っていてくれ」

祐一も最上もおとなしく人の言うことに従うタイプではなかった。二人は長谷部のあとを追って外に出た。最上が言っていたように、二軒先の家の前に、黒のＢＭＷが停まっており、運転手が発進しようとしたが、長谷部が行く手をさえぎるように手を広げた。

警察手帳を掲げて叫ぶ。

「警察だ。降りろ！」

ＢＭＷの運転手がドアを開けて降りた。黒のスーツを着た四十絡みの男で、髪の両サイドが白くなっており、シャツがぱんぱんになるほど肥えていた。

男は険しい顔つきながらも、警察を相手には強気に出られずにいるようだった。

「おれたちのことを見張ってたな。免許証を出せ」

「見張ってなんていませんよ」

長谷部がすごむと、男は怒って言い返した。

長谷部は運転免許証を引ったくるようにして奪い、目の前の男の顔と写真とを見比べた。

「西城《さいじょう》等《ひとし》。何者だ？　誰に頼まれておれたちを見張っていた？」

「だから、見張ってませんて。刑事さんの勘違いですよ」

いつの間にか、最上が勝手にＢＭＷの運転席を覗き込んでいた。

「わたしこの人、誰かわかっちゃった。ボディハッカー・ジャパン協会の人だよね？」

祐一は最上の指し示すものを見つけた。バックミラーに括《くく》り付けられた飾りは、ピラミッド型の透明の樹脂に金色に輝く球体が閉じ込められている。国際的な非営利団体《NPO》、ボディハッカー・ジャパン協会のシンボルである。

科学技術の力により人間を次のステージに進化させようという思想、トランスヒューマニズムの信奉者たちが集う組織で、頂点にいるのが伝説的な人物、カール・カーンだ。

西城はやられたというように、顔をしかめた。

5

「ただいま」

夜の七時の帰還はなかなか早いほうだ。ＳＣＩＳのチームを起動させてから、警察庁刑事部における祐一の仕事は極端に減った。ＳＣＩＳ事案が起こらなければ、閑職に追いやられるのではないかと怖くなるほどだ。

「パパ、お帰り」

星来が玄関まで迎えにきてくれた。今年で五歳になる。母親の面影を目鼻立ちに感じさせるようになった。

「ああ、お帰り。いい子にしてたか？」

祐一は星来の手を取りながら、リビングへ入ると、いつものように母親の聡子《さとこ》が夕飯の準備をしていた。

「お帰り。早かったのね。最近、帰ってくるの早いじゃないの。警察が暇なのはいいことよ」

祐一は家族や友人にも自分の仕事の内容については話していない。ＳＣＩＳのことも誰も知らない。

「そうそう、星来がね、髪を切ってほしいって」

祐一は星来を見た。髪を一房手に取り、さらさらと梳《す》いてみる。

「伸びたかな？　いまがちょうどいいぐらいじゃないか」

母が星来の顔を覗き込んで言う。

「眉に髪がかかってるでしょう。目に入ると視力が悪くなるから。眉にかからないように切ってあげて」

「そうだ。星来、一度おかっぱにしてみようか」

「うん？　おかっぱって何？」

「おかっぱっていうのは……」

はっとした。どういうわけか、最上博士と同じ髪型を娘に強要しようとしていた自分に驚いた。

「いや、おかっぱはやめよう。星来には似合わない。髪の毛をここまで切らなくちゃならないからね。そんなに切ったら、星来、嫌だろう？」

「うん、嫌」

「だろう。じゃあ、前髪と毛先だけそろえようか」

「うん」

星来が廊下の途中にあるトイレへ向かい、祐一はキッチンの冷蔵庫を開けて、グラスにオレンジジュースを注いだ。

近くにやってきた母が声を落として言った。

「祐一、星来が言っていたんだけど、あんた、夜中に亜美さんと話してるんだって？」

祐一はむせて、オレンジジュースを少しこぼした。

少し前に一度、夜中に祐一がノートパソコンを開き、トランスブレインズ社のアプリを起動させて、冷凍保存されている亜美のライブ映像に話しかけていたところ、偶然、星来に聞かれてしまったことがあった。

祐一が何を見ていたのかまでは知られていないはずだが、星来は勘で話している相手が母親だとわかったのだろう。

しばらくして、こう言われた。

――星来がいるだけじゃダメなの？

胸を抉《えぐ》られるような思いだった。

亜美を失ったのは不幸だったが、幸いにも星来が生まれてきてくれた。

過去の呪縛《じゅばく》から逃れられず、悲しみに深く沈んでいる父親の姿を見せてしまった。星来はさぞかし心を痛めたことだろう。

そんな自分を見せるべきではなかった。

これからはもっと上手くやらなくては……。

母は怪訝な視線を息子に向けていた。

「まさか幽霊が見えたりするの？」

「見えませんよ、そんな」

「じゃあ、亜美さんに話しかけるようなまねはやめなさい。あの子が心配するでしょう」

「はい。もう、しません」

祐一は新聞紙を広げて、星来を椅子に座らせると、頭から散髪用のケープをかけた。

星来が笑顔で注文をした。

「きれいに切ってね。今度のお休み、遊園地だもんね」

「あ、そうだったな。遊園地、きれいになって行こうな」

「うん」

星来はまた瞼を閉じた。祐一は鋏《はさみ》を手にしながら、いつまで星来は父親に髪を切らせてくれるだろうかと切ない気持ちになった。

6

翌朝、ボディハッカー・ジャパン協会本部がある六本木へ向かった。六本木ヒルズやミッドタウンのある喧噪《けんそう》なエリアから離れた、青山霊園墓地の近くにある小さなビルに協会の本部が入っている。

祐一は昨日の段階で協会に連絡を入れ、カール・カーンとの面談の約束を取り付けた。前回初めて接触しようとしたとき、なかなかカーンの居場所をつかめず、島崎課長が警察庁のルートを使って、同庁のOBで新自党《しんじ》の飯塚茂章《いいづかしげあき》衆議院議員の紹介で会わせてもらった経緯がある。

面識が出来たからというよりは、祐一たちの仕事に関心があるからだと祐一は判断するわけだが、今回カール・カーンはすんなりと面会に応じた。

後部座席を一人で独占している最上は、シートの上でぽんぽんとお尻で跳ねていた。

「早く会いたいなぁ。早く会いたい！」

最上は伝説的な人物であるカール・カーンに会えることになって嬉々《きき》としていた。前回、カール・カーンを訪ねたときは、お偉い政治家と一緒だったので、常識人ではない最上を抜いていたのだ。

「もうじき会えますから、おとなしくしていてください」

助手席から祐一は声をかけたが、もちろん最上は上の空だった。

祐一もまたカーンとの二度目の邂逅《かいこう》をどこか楽しみにしていた。

カール・カーンが不思議かつ魅力的な人物であることは認めないわけにはいかない。身体的な特徴もあり、一瞬で人の心を惹《ひ》きつけることができる。その身体的特徴以上に変わっているのが、カーンの思考なのだった。

カール・カーンをグーグル検索してみたが、カール・カーンの名はあちこちで目にすれど、彼の経歴を示すものは何一つ見つけられなかった。科学の世界に精通する男はいったいどこで知識を身につけてきたのか。

回転ドアからビルに入り、正面の受付カウンターの女性に、身分証明書を呈示してから、入室パスカードをもらった。それがなければ、奥に控えるエレベーターに乗ることができない。

エレベーターで二階に上がると、そこは薄暗い照明と静けさに支配された空間で、一番大きな部屋の中央で、カール・カーンが座禅を組んで座っていた。霞《かすみ》色の作務衣《さむえ》という姿で、カーンのトレードマークでもある両手両足の義肢が銀色に輝いていた。

カーンは来訪者に向かい、目の前に座るよう促した。

「みなさん、ご機嫌よう。ちょうどいま瞑想《めいそう》を終えたばかりです。午前中二時間ほど瞑想をすることを日課にしているものですから」

椅子がないので、祐一と長谷部、最上はカーンの前に並んで床の上に腰を下ろした。

剃髪《ていはつ》した頭に山羊鬚《やぎひげ》を生やし、頬はこけて、禁欲的な僧侶のような雰囲気を漂わせている。瞳はうっすらと青く、西洋人の血が入っているようだ。

カーンは相変わらず微苦笑を浮かべていた。どんな感情からつくられた表情であるか、なかなかつかみづらい。その叡智《えいち》を秘めた少し青みがかった目はいかなる感情も宿っておらず、虚《うつ》ろな淡い光を放っている。

カーンが最上を見て、小首をかしげた。

「おや、そちらの方はもしや最上友紀子博士では？」

最上は顔を輝かせていた。

「うん、そうだよ。ユッキーでいいよ。カーンさん、その両手と両足、すごくよく出来てるね？」

「ええ、最先端の技術です。わたしの頭にはマイクロチップが埋め込まれていましてね。神経細胞内の電気信号を読み取り、両手両足を動かしているんです。まだリンゴの皮剝《む》きはできませんが、そう遠くない将来には米粒に名前が書けるようになるかもしれませんよ。はっはっは」

「前も聞いたな、あのせりふ」

長谷部が皮肉るようにつぶやいた。どうやらカーンのことを好ましく思っていないようだ。

カーンは祐一たちの背後に向かって、「朝食をお願いします」と声をかけると視線を戻した。

「さて、みなさん、わたしに会いに来たということは、また何か起こったようですね？」

口では興味を持っているようでありながら、虚ろなままでいる目を、祐一はまっすぐに見つめた。

「西城等という人物をご存じですか？」

カーンは人差し指でこめかみのあたりを掻いた。

「うーん、存じ上げないですが、わたしに聞かれるということは、おそらくはうちの協会のメンバーではないかと思われるんですね？」

「西城等はわれわれを監視するような行動を取っていた人物です。職務質問をかけたところ、ボディハッカー・ジャパン協会のピラミッド型のストラップを持っていたものですから」

カーンは苦笑いを浮かべた。

「前も言いましたが、うちの協会のグッズは一般に販売されているものですから――」

「メンバーかどうかを調べていただけませんか？」

カーンは口元から笑みを消した。どうしたものかと数秒迷ってから、あきらめたように肩をすくめ、懐からスマホを取り出した。

「いいでしょう。警察の捜査への協力は惜しみません」

協会のロゴの浮かんだ水色のシャツを着た女性スタッフがプレートに載せた朝食を運んできた。コーンフレークに鮮やかなミックスベリー、カットされたバナナとキウイ、ミックスナッツが盛られたものに、おそらくは豆乳がかけられている。栄養満点なのだろうが、食欲がそそられるものではない。

「食事をしながらでもいいですか。十一時から大事なミーティングがあるものですから」

最上が朝食を見つめながら尋ねた。

「カーンさんは絶対菜食主義者《ヴィーガン》なの？」

「ええ。動物の肉は食べません。卵も牛乳もです。ちなみにこれは豆乳です。生命維持に欠かせない栄養素はすべて植物から取っています。それでよく栄養不足になりませんねという人がいますが、あの巨大なゾウは草しか食べませんが、あの大きな骨と肉を保っていられるわけですからね」

「ゾウはそうかもしれないけど、人間は犬歯があるから、かつてもいまも肉食だってことだよ。肉もちゃんと食べないと、たんぱく質不足になっちゃうよ」

「ええ、でも、これから人類が草食に進化していってもいいわけです。食べた物を消化吸収する腸内の細菌叢《さいきんそう》もそのように変わっていくはずですよ。進化が終わったわけではありませんのでね。われわれはいまだ進化の過程にあって――」

「コーンフレークってさ、本当はお手軽で栄養価の高い朝食を取るために開発されたものじゃないんだよ。知ってる？」

最上は相手の話の途中で割って入った。

「さあ、では、何でしょうね」

「開発者のケロッグ博士は敬虔《けいけん》なキリスト教徒かつ厳格な菜食主義者で、下ネタでごめんなさいですけど、セックスや自慰行為を悪と見なしていたもんだから、性衝動を抑えるための食事として、簡素で質素なコーンフレークを考案したんだよ」

長谷部が小声で祐一に言った。

「お宅の博士のご高説は勉強になりますね」

祐一は嫌味を無視した。

最上はよく、まったく嚙み合わない会話を平気で交わすことがある。カーンもだんだんと最上博士の人となりをわかってきたようで、途中から話を聞き流していたようだった。

「ええっと、西城等さんですね。確かにうちの協会員のようです」

「あなたが西城に命じて、わたしたちを監視させたのではないですか？」

「そういう事実はありません。西城さんが監視したくなるような事案でも起こったのですか？」

祐一はカーンの表情を観察した。質問に質問で返してきたが、知らないふりをしているのかもしれない。

「この数ヶ月の間、死んだ人間がよみがえるという事案が四件発生しています。蘇生者は施設から抜け出し、行方知れずのままです」

「ほう、死者の生き返り……。それは興味深い」

「カーンさんは大学などの研究機関と複数のプロジェクトを進めているとおっしゃっていましたね。その中には死者をよみがえらせる研究もありますか？」

今回の事案を起こしたのはカーンではないかと尋ねているに等しい。

カーンは少し咳払いをして口を開いた。

「残念ながらといいますか、わたしがかかわっているプロジェクトにはありませんね。ただし、当協会員には最先端の科学者や医療従事者もいます。彼らが独自に研究しているものまでは把握していませんから」

「なるほど。ではなぜ、西城等はわれわれを監視できたんでしょうね。事案の発生を把握していなければ、監視のしようがない。ご存じのとおり、われわれの捜査は極秘のものですから」

「極秘といっても、よみがえった死者を見た民間人がいるわけでしょう？　わたしたちはあらゆるところにアンテナを張っています。死者がよみがえる噂を聞いた協会のメンバーが協会内のネットワークに情報を載せて、西城氏が真相を確かめるために動いた、ということかもしれませんよ」

最上が黙っていられなくなったのか、再び口を開いた。

「ねえ、カーンさん、死者がよみがえるカラクリについて想像し合いっこしようよ」

カーンは最上に純粋な笑みを向けた。

「いいですね。科学的な空想はわたしも好きです。そうですねぇ、死者をよみがえらせるカラクリ……。ゾンビ映画の世界のようには死者をよみがえらせることはできないと思いますね。脳死してしまったが最後、記憶は失われてしまいますし、人格あるいは魂と呼んでもいいかもしれませんが、その魂を呼び戻すことは不可能でしょう」

「魂……！」

最上がはっとしたように言った。

「ええ、たとえ生体機能をよみがえらせたとしても、魂が入っていなければ、それは人間ではないんじゃないですか？」

「さすがカーンさんだね。今回の事件も、死んだ人が人として生き返ったんじゃなくて、生体機能だけがよみがえったということかもしれないね」

「ええっと、どう違いがあるんだ？」

長谷部は困惑していたが、祐一もあまり意味がわからなかった。

「あのね、わたしはね、安田弥生さんが開発した蘇生ウイルスはいったいどういうメカニズムで死んだ人間をよみがえらせることができたのか、ずっと考えていたのね。患者さんは死んでしまって、全身の血液の流れが止まってしまったことは確認されている。脳も死んでいることが確認されている。そんな状態でどうやったら人は生き返れるんだろうってね」

最上は饒舌《じょうぜつ》になって続けた。

「人が食事から得た糖や脂肪は、細胞の中でアデノシン三リン酸、略してＡＴＰという物質に変わるんだけど、このＡＴＰこそがわたしたちの身体を動かすエネルギー源なの。ＡＴＰがなければ、指一本動かすことはできないし、頭でものを考えることもできないんだよ。そういうわけだから、人間に必要な食事はすべてこのＡＴＰを生み出すためと言っても過言ではないわけ」

「確認なんだけど、ＰＴＡじゃないんだよな？　くく」

長谷部の遠慮がちなボケに、最上は眉をひそめて返した。

「違うよ。ぜんぜん違う。それに、面白くないから黙っててくれる？　で、ＡＴＰが生産される過程で酸素が使われるから、人は呼吸をしなければならないのね。酸素を使ったこのＡＴＰを生産する反応は、ミトコンドリアの中で行われるのね。ハッセーでもミトコンドリアくらいは知ってるんだよね？　中学校で習ったもんね？」

「確か水戸黄門の親戚とか……？　くく」

「もしもだよ、もしも、食事や呼吸といった方法以外で、身体中の全細胞でＡＴＰを生産することができれば、人は食事や呼吸をしなくとも生きていけるかもしれないのね」

「最後の部分だけわかったけど、マジか……」

「そんな仙人のようなことが可能なんですか？」

祐一も驚いて尋ねた。

「いまＡＴＰはミトコンドリアの中で生産されるって言ったけど、実は効率は悪いけど、細胞の中の細胞質という領域でもわずかながらＡＴＰが生産されるんだ。そして、そっちのほうでは、嫌気性《けんきせい》といって酸素は使われないの。

人間はほんの短い時間なら、呼吸をしなくとも生きていけるよね？　たとえば、一〇〇メートルを猛ダッシュしているとき、集中して何か手作業しているときとかは、意外に長い時間、人は呼吸を止めているんだよね。その間もちゃんと身体中で相当のエネルギーが消費されているのに、だよ。でも、死んだりしないでしょう。

そのカラクリはね、細胞の中の細胞質で行われる解糖系というシステムを使うからなの。ミトコンドリア内部で行われるATPの燃焼システムと違って、細胞質内で行われる解糖系というシステムでは、酸素を使わずにATPをわずかではあるけれども生産することができるのね」

祐一は大学で生化学を学んでいたので、何とかついていくことができた。

太古の昔、地球上にまだ酸素がなかったころ、そんな状況下にあっても、生命はすでに誕生していた。生命活動に酸素を使わない生物のため、嫌気性細菌と呼ばれるものたちだ。彼らが使っていたエネルギー生産システムが、解糖系である。

「つまりね、酸素を使わずにATPを生産する効率のよい解糖系システムが細胞内に出来れば、生物は酸素を得るために呼吸をせずとも生きていけるっていうことになるよね！」

カーンが感心したようにうなずいた。

「ほう。細胞内に解糖系システムをつくる遺伝子を持ったウイルスに感染させれば、生体機能の面だけ考えれば、死人を生き返らせることは可能ということですか。大変興味深い。さすがは最上博士ですね」

最上は照れ笑いを浮かべた。

「ふふふ」

「しかし、その蘇生者は長生きできないでしょうね。体外からエネルギー源を取り込めないわけですから、細胞質内のブドウ糖を使い果たしてしまったら、そこでエネルギーが完全に切れてしまう」

「うんうん。それに、細胞内でウイルスが増殖していけば、細胞がぱんぱんになって、やがて細胞膜を破っちゃうだろうし、すべての細胞が死滅するのも時間の問題だね」

最上はまるで友達を見つけたように目を輝かせた。

「カーンさんは科学者なのに、魂の話をしたり宗教家っぽい一面もあるんだね？」

「わたしは科学者であり、かつ敬虔《けいけん》な仏教徒でもあります。この世の中のすべての事象を科学的に解明していきたいという願いがありますが、少なくとも現段階では科学的に解明できない多くのことがあるのは事実です。そのことを人間も謙虚に認めなくてはいけません。

人間には自らの自由領域を広げていきたいという本能があります。科学にそれが可能であれば、研鑽《けんさん》を積むことも厭いません。人間は鳥のように空を飛べるようにもなりましたし、月に行くこともできるようになりました。さらには永遠に生きたいと願うようにまでなりました。人間は想像する限りの自由を体験したいと願う生き物なのです」

長谷部があくびを噛み殺していたが、その願いは祐一としても痛いほどわかるのだった。

祐一は亜美に生き返ることを望んだ。最上同様に天才である目の前の男に、祐一は蘇生者を生み出した特殊なウイルスによって、妻もまた生き返るのかどうか聞いてみたかった。

そのゾンビウイルスに興味を抱き、欲するのはカーンたちだけではない。

自分もまた欲しているのだ。そして、少なくない数の人々もまた……。

スマホの軽やかな着信音が鳴った。長谷部が「失礼」と言って立ち上がり、場を離れてから戻ってきた。

「コヒさん、ちょっと」

深刻な事態が持ち上がったことは表情から明らかだった。カーンは興味津々で、内容を知りたそうだったが、ぶしつけに聞いてはこなかった。

「カーンさん、本日はありがとうございました。これで失礼します」

背後からカーンの声がかかった。

「また、近いうちにお会いすると予言しましょう。そのときまで、みなさん、ご機嫌よう」

7

「何が、ご機嫌ようだ。気取りやがって」

建物の外に出るや、長谷部が鼻を鳴らし、駐車したクラウンに足早に向かった。

「それで、何が起きたんです？」

「タマやんからで、蘇生者の土屋健太郎の家族と連絡が取れなくなったそうだ。あと、もう一人の蘇生者、金井勇蔵の家族も昨日から行方がわからなくなったとか。残る蘇生者、白木美奈の家族も所在を確認中だ」

「家族は蘇生者のあとを追って、一緒にいるんじゃないでしょうか。最上博士、蘇生ウイルスが生きた人間に感染した場合はどうなりますか？」

「うーん、やっぱり体中の全細胞が嫌気性になって、嫌気性人間になっちゃうよ。つまり、呼吸や食事をしなくなって、やがて死んじゃうと思う」

ウイルスは増殖とともに変異する。その進化速度は哺乳類の数百万倍ともいわれている。増殖変異を繰り返すことで、感染力、感染経路ともに、ウイルスにとってより好都合な方向へ変化しうるということだ。

「蘇生者はそう長くは生きられないということでしたね。安田弥生もそのことはわかっているでしょう。蘇生者と一緒に最期のときを迎えられるよう、家族を呼び出したんでしょう」

「で、肝心のその場所は？」

長谷部が尋ねた。

「安田弥生さんはウイルスの専門家だから、ウイルスが進化してもっとも怖い空気感染能力を獲得したときのことも想定していると思うよ。つまりは、周囲からは隔絶された場所を選ぶと思う。わたしが思うにね、生き返ったとはいえ、カーンさんも言っていたけど、魂はもう抜けちゃってさ、生ける屍《しかばね》のような状態かもしれないよね。それこそゾンビみたいなね。死にかけていたら、ベッドに寝たきりかもしれないし、そんな人たちってターミナルケア専門の施設とかにいるんじゃないのかな」

「なるほど。そうかもしれませんが、ターミナルケアを行っている施設は日本にたくさんあるでしょうからね」

長谷部がバックミラーをにらんで、悪態をついた。

「あの野郎……」

振り返ってみると、西城等のＢＭＷが後ろにぴたりとついていた。

「開き直りやがって……。巻くか？」

祐一が迷っていると、最上が後ろから声を上げた。

「危険運転反対。ハッセー、安全運転でお願いね。わたし、車酔いするタイプだから、朝食で食べた豚骨ラーメンでシートを汚されたくないでしょ」

「そういう冗談やめてくれ。ていうか、朝食から豚骨ラーメン食べる？」

「わたしは冗談は言わないタイプだよ」

祐一は二人の掛け合いを無視した。西城が車間距離を詰めてきたら、あおり運転と見なして、危険運転罪で逮捕しようかと思ったが、西城等はちゃんと車間距離を保っている。

最上が後ろから尋ねた。

「ねえねえ、ここから一番近い蘇生者家族の住居はどこ？」

「ええっと、ここが六本木だから一番近いのは……、恵比寿に住んでる金井勇蔵だな。いま玲音が張り込み中のはずだ」

「わたしにいい考えがあるの。ここはわたしに任せてよ。とりあえず、蘇生者の金井勇蔵さんのご自宅に向かおう」

最上は何かを企《たくら》んでいるらしく、口元に邪悪な笑みを浮かべた。

「ふふふ。西城さん、二度とわたしたちのことを追わなくなると思うよ」

絶対にいい考えなどではないなと警戒したが、西城の尾行は不愉快だったので、最上に任せてみることにした。

「わかりました。でも、最上博士、違法なことはダメですからね」

金井勇蔵の自宅はベージュを基調としたモダンな外観の二階建てで、周囲をぐるりと背の低い緑の生け垣に囲まれていた。

玄関前に玲音の乗るシルバーの車が停められているのが見えた。長谷部が真後ろに停めたが、玲音が外に出てくることはなかった。

長谷部は車を降りると、玲音の座る運転席の窓を小突いた。ゆっくりと窓が下がり、寝惚《ねぼ》け眼《まなこ》の玲音があわてて礼をした。

「お、お疲れ様です。……金井勇蔵の家族が、昨夜、戻ってきた気配はないですね」

「言い切れるのか？　寝てたのに？」

「いや、寝てないです」

「嘘をつくな。寝てたんだろ。顔見りゃわかる」

「いや、寝てないです。何ですか、係長は人の顔を見ればすべてがわかるんですか？　パワハラです！」

「最近の若いやつらは、パワハラといえば上司が黙るとでも思い込んでる節があるな」

「みんな早く来て」

最上はやたらと一人ではしゃいでおり、誰よりも早く敷地に入って、玄関の前にいた。

振り返ってみると、少し離れた路傍にBMWが止まり、運転席の西城の影が見えた。

話し声は聞こえていまいが、こちらが手出しできないのをほくそ笑んでいるに違いない。

長谷部が小さく舌打ちした。

「車から離れたら、交通課に頼んで無断駐車ってことで取り締まってもらおうと思ったのにな」

最上が手招きするので、一同は玄関前へ移動した。捜索令状を持っていないので、勝手に足を踏み入れることはできないが……。

祐一は玲音に尋ねた。

「家の中に誰もいないんですか？」

「緊急事態と判断して、鍵屋さんを呼んで開けてもらいました。見て回りましたが、誰もいませんよ」

最上が勝手にドアを開いた。

「ちょっと、最上博士――」

「開いてるし、一度入ったんなら、もう一度入ったっていいよね」

だいたい金井勇蔵の自宅に入る目的がわからない。

「何か捜し物でも？」

「だから、いいアイデアがあるって言ったでしょ。ついてきて」

最上は靴を脱いで上がり込むと、キッチンに行って冷蔵庫を開け、何やら材料を出し始めた。傍らで最上がこれから何をするのか不安を覚えながら見守るしかなかった。

長谷部は家の中をぐるりと一周して戻ってきた。

「乾燥機の中に、洗い終わった洗濯物がそのまま入ってた。金井の家族がどこに行ったにせよ、そこに長居する予定はないな。って、何つくってんだ？」

「まず牛乳五〇〇ccに卵を三つ入れますねー。もし、カップがないようでしたら、目分量でいいです」

最上はグラスの中に、牛乳と卵を溶いたものを入れ、掻き混ぜているところだった。

「食紅もちゃんとあったんで、これで完璧だと思う」

食紅を数滴垂らすと、液体は赤に染まった。どろりとして、見ていて気持ちのよいものではない。

「最上博士、それは何ですか？」

「吐瀉物《としやぶつ》です。血反吐《ちへど》です」

「……何のために？」

「わからないの？　西城さんて人、邪魔なんでしょ？　ここで、ウイルス感染が発生して、みんながすぐさま発症して、血反吐を吐いて死ぬ様を見たら、西城さんはあわてふためいて逃げ出すと思う」

祐一は呆気にとられたが、腕組みをしていた長谷部は深くうなずいた。

「いいアイデアだと思う」

「わたしも」

玲音もうなずいていた。

祐一は二人の意見に、耳と自分の感性を疑った。

「どのあたりが、でしょうか？」

「祐一君、ノリが悪いって言われるよ。女の子にモテないよ。祐一君もやろうね」

「いいえ、いいです。ノリが悪いと言われようと、女の子にモテなかろうと、わたしはいいです」

最上は四人分のグラスに赤いどろりとした液体を分けて、それぞれの顔を見回した。

「みんな、使い方わかるよね？　迫真の演技を期待しているね」

長谷部も玲音も乗り気のようで、頬に悪巧みの笑みを浮かべていた。

ウイルスだけでなく、人の毒気も感染するのだと、祐一は怖くなった。


無音の車内で、西城はシートにもたれて、金井勇蔵の家を監視していた。

警察庁の小比類巻祐一、警視庁の長谷部勉警部、名前の知らない女性刑事、それから、科学者の最上友紀子という奇妙な組み合わせの四人は、三十分ほど前に土屋健太郎の自宅に入ったまま出てこない。

何が行われているのか、さっぱりわからなかった。家族から事情を聴取しているのか。それとも、家宅捜索しているのか。

それにしては静かすぎるような気がした。

ふと不穏な予感が頭を過《よ》ぎった。土屋健太郎はおそらくはウイルスに感染し、生き返ってどこかへ消えた。この事件にはウイルスが関係していることはわかっている。

ミイラ取りがミイラになってしまったのではないか。家の中がウイルスまみれで、中に入った四人は感染して……。

西城はシートベルトを外し、ドアを開こうとした手を止めた。ウイルスは目に見えないものだし、空気感染するものもあるというので、無防備な状態で近づくのは危険だ。と、金切り声が上がった。女だ。殺される直前のような切羽詰《せっぱつ》まったものだった。

何事かと目を凝《こ》らすと、金井の家の玄関ドアが開き、最上と女性刑事、長谷部が飛び出してきた。三人とも常軌を逸した表情である。遅れて小比類巻もふらふらとした足取りで現れた。

女性刑事が道路にしゃがみ込み、喉を掻きむしりながら嘔吐《おうと》した。驚いたのは、吐瀉物が真っ赤な血で染まっていたからだ。続いて、長谷部がごろごろと喉を鳴らしながら血反吐を吐くと、道路の上に倒れ込んだ。女性刑事と長谷部はそのまま動かなくなった。

小比類巻も門のあたりで血を吐いて倒れた。

最上が敷地を飛び出して、一直線にこちらに向かって走ってきた。目が血走っており、運転席の西城に狙いを定めていた。

西城はあわててキーを回してエンジンをかけた。最上がボンネットの上に倒れ込み、フロントガラスに向かって勢いよく鮮血をぶちまけた。

西城は悲鳴を上げた。ギアをバックに入れて、車を後退させる。前方で最上が道路の上に倒れ込み、動かなくなるのを見た。

ウイルス感染だ。それもとてつもない速さで感染し、発症し、致死率は一〇〇パーセントだ。

あんな最期を迎えるのは死んでもごめんだ。

ワイパーを最速で作動させ、十字路まで来ると、西城はギアを戻して、スピード違反を承知でその場から猛スピードで走り去った。


視界からＢＭＷが消えると、最上は仰向けに横たわったまま、空を見上げ声を上げて笑った。

爽快な気分だった。身体を起こすと、一同に向かって叫んだ。

「みんな、もういいよー」

長谷部と玲音が身体を起こし、顔を見合わせると、けたけたと笑い合った。

三人の笑い声はしばらく止まなかった。

祐一は口元に付着した偽の血をぬぐった。

少しも面白くはなかった。最上たちに半ば強引に演技をさせられ、不本意ながら鮮血を吐くまねをした。柄にもないことをしてしまったことを後悔さえしていた。

最上と長谷部、玲音はハイタッチをして、お互いをたたえ合っていた。

最上が祐一に向かって親指を立てた。

「祐一君、頑張ったね。自分を出したね。自分をさらけ出したね。よしよし」

「よしよし」などと、長谷部と玲音までもがからかってくる。

祐一は心の中で悪態をついた。

「……西城を追い払うことには成功しましたが、それだけです。蘇生者の行方は依然としてわからないいまま。捜査は膠着《こうちゃく》状態です」

「参ったなぁ。ちょっとタマやんに連絡してみようか」

長谷部はスマホを取り出し、安田雅典の自宅に張り付いている玉置に電話をかけた。

山中森生も一緒にいるはずである。

「あ、タマやん。そっちはどうだ?」

――いまちょうど連絡を入れようと思ってたところなんすけど――。

玉置の戸惑いをはらんだ声が漏れ聞こえた。

――十五分前ぐらいに、安田雅典が家から出て、車に乗り込んだんで、いまあとを追ってるんですが……。いや、ビビりましたよ。安田が宇宙服みたいなの着てるんですよ。これから火星にでも行くんじゃないかって、おれたち賭けしてるんですよ。

「うむ、最後のせりふは聞こえなかったことにしような。あのな、その宇宙服みたいなものはたぶん防護服じゃないか？　ハリウッド映画とかでもよく見るやつだろ？　古典的な名作の『E．T．』にさえ出てたぞ」

――あー、おれ、『E．T．』って観たことないんすよ。さーせん。その防護服ってどういう目的で着るものなんすか？

「空気感染する恐れのある病原体に接触する可能性がある場合だが――」

急ブレーキを踏む音がした。

――係長、おれ、急用を思い出したんで、ここで離脱してもいいっすか？

「黙ったままアクセルを踏め。まだ大丈夫だ。やつの行き先だけつかめばいいんだから。だが、行き先の中には入るなよ」

通話を切った長谷部が引きつった顔を向けた。

「なあ、おれたちも宇宙服着なくて大丈夫かな？」

8

新宿区の中央にある富栄町《とみえちょう》は、バブル期に不動産業者の地上げに遭うも、その後業者が倒産したため、いまでも空き家が目立ち、ゴーストタウンの様相を呈している。

軒並みシャッターの下ろされた商店街の通りの外れに、数階建ての灰色の建物が見え、正面前に黒い車両が止まっていた。

運転席のドアが開いて、玉置が降りてきた。市販の白いマスクで顔を覆っている。

最上がマスクを素早く指差した。

「空気感染能力を持ったウイルスは市販のマスクなんかじゃ防げないよ。ナノサイズのウイルスはマスクの繊維の目を余裕で通過できるからね」

玉置は困惑していた。

長谷部が真顔で尋ねた。

「状況は？」

「二十分前に安田雅典は中に入ったきりです」

祐一はトランクを開けて、三人分の防護服を取り出した。最上は小さいサイズの防護服を着ると、手慣れた様子で手袋と袖の間をダクトテープでぐるぐる巻きにした。祐一と長谷部も最上に手伝ってもらって、ダクトテープを巻いてもらった。

祐一と長谷部は視線を素早く交わした。その一瞬で「どちらが先に行くか」とお互いに問うていたが、最上が率先して「こういう状況はわたしのほうが慣れているからね」と前を歩いて行った。長谷部は携行が許された拳銃をホルスターから抜いて腰の低い位置で構えた。

正面の階段を上がり、出入り口から入ると、受付と待合スペースの間があり、奥へと延びる通路の左右に部屋があるようだった。外に看板はなかったが、元は病院だった建物のようだ。

最上は恐れを知らぬようにすいすいと歩いていく。

「博士、もう少しゆっくり……」

祐一の忠告も最上の耳には入らない。

祐一と長谷部は左右を警戒しながら進んでいった。

どこかから啜《すす》り泣くような声が聞こえてくる。

歩を進めるにつれ、声は大きくなっていった。

奥の部屋の入り口を透明なビニールのカーテンが上から下まで覆っていた。空気感染する恐れのある病原体ゆえに、最低限の封じ込めのつもりなのだろう。ゴーストタウンと化したこの一画を選んだ理由も、万が一、病原体が周辺に流出した際にも、人間に感染しないようにとの計らいのために違いなかった。

透明なカーテンの中央は二枚のカーテンが重なり合い、縦に割れ目が走っていて、最上は両手で左右に引っ張るようにして身体を滑り込ませた。祐一と長谷部も彼女に続き、室内に足を踏み入れると、目の前の異様な光景にしばし言葉を失い、立ち尽くした。

大きな部屋にベッドが幾列も並んでおり、そのうちの四つのベッドのまわりを祐一たちのような防護服を着た者たちが取り囲んでいた。それぞれのベッドには、病院のガウンを着た患者が横たわっており、防護服を着た者たちが声をかけたりしている。

ガウン姿の者は蘇生者であり、防護服の者はその家族だ。

彼らはこの世の最期の時間をともに過ごしているのだった。

マスク越しにわかるほど濃厚な腐臭が漂っていた。四つのうちの一つのベッドの上では、蘇生者が完全なる死を遂げていた。

死者は金井勇蔵だろう。身体の表面がどろどろに溶け、手や足の先から液体となって床に垂れ落ちていた。崩れゆく醜く恐ろしげな蘇生者を、家族たちは泣きながら愛おしい身体の一部を元に戻そうとするように、手袋をはめた手でそれ以上崩れないように、こぼれないようにと、押し止めようとしていた。

他の家族は互いに肩を抱き合うようにして、金井の死を悼《いた》んでいた。

土屋健太郎、白木美奈、そして、安田凜子たち蘇生者もじっと動かずにいた。彼らは死後、起き上がり、自分の足で歩いたというが、もはや動く気力さえないようだった。

最上がカーンとの会話で語っていたとおり、蘇生ウイルスが細胞内で爆発的に増殖し、細胞膜を破ってしまったことで、細胞という細胞が溶解してしまったのだ。

「ああ、凜子……」

安田弥生が声を上げ、横たわった凜子の肩を抱いた。その傍らに立った安田雅典も悄然《しょうぜん》として娘を見守っていた。

安田凜子の唇が動いた。祐一には凜子が何かひと言しゃべったように見えた。

——さようなら。

そう言ったのかもしれないし、

――ありがとう。

と言ったのかもしれない。

それとも、

――どうして？

そう言っただろうか。

――どうして、わたしを生き返らせたりしたの？　せっかくわたしはこの世にお別れを告げたのに……。

死者の意思を蔑《ないがし》ろにして、生者のわがままで勝手に蘇生させたことへの怒りや恨みがあっただろうか。

祐一は身体が震えるのを感じた。

安田弥生が祐一たちの存在に気づき、その場で申し訳なさそうに頭を下げた。弥生の顔は影になって見えなかった。

「……申し訳ございません。こんな大事になるとは思ってもみませんでした。……わたしは娘の凛子だけを蘇生するつもりだったんです。感染力の消失したウイルスを作製したつもりだったんです。しかし……、ウイルスの進化はわたしの想像を超えてしまいました」

弥生は苦しそうにして何とかそう言った。

最上がすべて承知しているというようにうなずいた。

「うんうん。わかるよ。ほら、二〇〇〇年の初めに東南アジアで鳥インフルエンザが猛威を振るったとき、普通は感染しないはずの人への感染が起こって、たくさんの死者を出したことがあったでしょ。あれと同じメカニズムだよね」

「ええ、そうです」

最上と弥生だけ完全に理解し合っているようだったが、当然ながら他の誰もどういうことなのかさっぱりわからなかった。

いち早く状況を察した弥生が説明を試みようと口を開いた。

「つまりは、こういうことです。インフルエンザというのは――」

いつものように最上がその告白を奪った。

「インフルエンザは感染する宿主の種類によって、人インフルエンザ、鳥インフルエンザ、馬インフルエンザ、ブタインフルエンザとか分かれてるんだけど、たとえば、鳥インフルエンザは普段は鳥にだけ感染するから鳥インフルエンザなのね。

でも、稀に鳥インフルエンザが普段は感染しないはずの人に感染してしまうことがあるのね。その理由の一つに、鳥と人のインフルエンザウイルスが、両方のウイルスに感染しやすいブタに感染してしまった場合、ブタの体内で鳥と人のインフルエンザウイルスが混じり合って、フルモデルチェンジした新しいインフルエンザウイルスになっちゃうことがあるのね。このフルモデルチェンジウイルスは、鳥にもブタにも人にも感染する厄介なウイルスになるよね。

遺伝子再集合って呼ばれているんだけど、二つの異なるウイルスが一つの宿主細胞に重複感染することで、細胞内で遺伝子がミックスされて、まったく新しいウイルスが誕生するってことがあるわけ」

「ふむふむ。わかるよ。おれ、がんばってついて行ってるよ！」

長谷部がうなずいた。

「それでね、今回のゾンビウイルスのほうで考えてみるよ。安田雅典さんて、凜子さんからインフルエンザを移されたたって言っていたでしょう。凜子さんの身体の中にはまずインフルエンザウイルスがあったのね。そこに、弥生さんは蘇生ウイルスも感染させてしまった。つまり、凜子さんの身体の中に、インフルエンザウイルスと蘇生ウイルスの二つのウイルスが同居することになってしまったの。さっき説明したように、同じ宿主に感染したインフルエンザウイルスと蘇生ウイルスは遺伝的に融合して、フルモデルチェンジした新しいウイルスを生み出すわけね。そのウイルスは両者のウイルスの特徴を持っているってわけ」

祐一はうなずいた。

「なるほど。安田弥生は空気感染しないウイルスを作製したつもりだったが、インフルエンザウイルスと融合することで、感染力の強いウイルスが誕生してしまったということですね」

「そういうことだよ、祐一君」

安田弥生は死にゆく三人の蘇生者たちを見回した。体調が悪いのか、ふらふらと身体が揺れている。

「……土屋さん、白木さん、金井さんは、凜子と同じフロアに病室があって……、おそらく食堂で食事を取っているときに感染してしまったんだと思います。医師や看護師は院内感染予防のために医療用マスクをしていたので、無防備に食事を取っていた三人だけが感染してしまったようです。三人が初期症状を呈したときから、わたしは彼らにも自作のウイルスが感染してしまったのではないかと考えて様子をうかがっていました」

弥生は荒い息をして続けた。

「……三人が亡くなり、病院や葬儀屋で生き返ったところをつかまえて……、ここへ連れてきたんです。すぐにご家族に連絡を取って、集まっていただきました」

長谷部も理解したようにうなずいていたが、おやっと思い出したように言った。

「でもさ、土屋健太郎の腕には注射針の痕があったよな？」

最上がきょとんとした顔をした。

「あれ、ホントだ。何でだろう。弥生さん、土屋さんにもウイルスを感染させた？」

「……いいえ、わたしは娘にしか感染させていません」

「だよね。何だろうね」

土屋健太郎は別の理由で看護師に注射を打たれたのかもしれない。いまはそこにこだわる場合ではないと、祐一は目の前のモラルを踏み外した科学者を見つめた。

最上が同情を寄せて言った。

「弥生さん、これがあなたが夢見た科学なのかな？　科学はね、人の夢を叶えてくれるけど、良心を失えば、悪夢にもなってしまうんだよ」

「良心……」

安田弥生はその言葉を口の中でつぶやいた。それがどんなものであり、自分の中にどんな形であっただろうかと、これまでの人生を振り返っているかのような長い時間があった。

祐一は声をかけた。

「あなたをどういう罪状で逮捕するべきか考えています。死体損壊には当たるでしょうが」

安田弥生がマスク越しのくぐもった声で言った。

「いいえ、刑事さんたちのお手を煩《わずら》わすつもりは元よりありません。良心は失ってしまいましたが、責任までは失いませんでしたから」

祐一が近づくと、マスクの向こうの顔がよく見えた。安田弥生の顔はすでに細胞の壊《え》死《し》が進行しており、溶け始めていた。

弥生は膝から崩れ落ち、その場で息を引き取った。

9

「やあ、コヒ、ご苦労ご苦労。おかしなウイルスがパンデミックを引き起こさずに済んで、なによりだ。新型コロナウイルスが世界で猛威を振るい、アフターコロナの時代はウイルスとの共存の時代だなんて言われてるっていうのに、さらにゾンビウイルスと共存するなんてことになったら、人類終わっちゃうからな」

祐一が今回の事案収束の報告を終えると、島崎博也課長はご機嫌な様子でそうたたえた。

「それにしても、ウイルスというのは未知の力を秘めているんだな。おまえの報告書によると、ウイルスはこれまで人類を進化させてきたかもしれず、なおかつ、これから先もどこかへと、人類を連れて行く可能性を秘めているのか」

「最上博士によれば、人類はパンデミックを経験することで進化していく運命にあるとか」

「進化には興味があるが、だからといって、これ以上新たなウイルスに感染するのはご免こうむりたい。まして蘇生ウイルスなど、もってのほかだ。長生きできても、それがゾンビの姿じゃ死んだほうがましだからな――」

祐一は、島崎の口と鼻を覆う高性能のウイルスブロック機能を備えたマスクを見つめた。

「課長、風邪か何かですか？」

島崎は気まずそうに咳払いをした。

「いや、どうも鼻がむずむずして、花粉症かな」

「それは初耳ですね。課長の下について三年経ちますが、初耳です」

「今年から花粉症デビューしたんだよ。浴びた花粉の量がある閾値《しきいち》を超えると発症するとかよく言うだろ」

「アレルギーバケツ理論ですね。あれは俗説の一つであり、科学的な裏付けは――」

「うるさいんだよ！　おまえにおれの科学的な信仰について指図される覚えはないんだよ。おれはそのバケツ理論を信じる！」

「どうぞご自由に。しかし、まさかとは思いますが、わたしが蘇生ウイルスに感染しているんじゃないかと警戒しているわけじゃありませんよね？」

ウイルス感染者たちと接触した祐一を、島崎が警戒していることは明らかだった。もちろん防護服を着用した上だったことは報告したのだが。

島崎は長い間逡巡《しゅんじゅん》したのち、荒い息を吐いてマスクを脱いだ。

「わかったよ、コヒ。おまえの言うとおりだ。いや、おまえが感染しているんじゃないかと疑っていたわけじゃないんだぞ。人を信じる信じないっていう信義を超えて、目に見えないウイルスというのがやっぱり怖かったんだ。すまんな。ところで――」

島崎は真顔になって話題を変えた。

「おまえを尾行していた西城等だが、どこから今回の事案を聞きつけたのか、事情聴取をしたのか？」

祐一はうっかりしていた。長谷部も頭が回らなかったに違いない。

「いえ、しておりません」

島崎は不快げに喉を鳴らした。

「甘いなぁ、甘い。チャイのように甘いよ。いいか、おれは注射の痕が気になっている。安田凜子の腕に痕があったのは理にかなっている。だが、土屋健太郎の腕に注射針の痕があったのはどう考えてもおかしいだろう。蘇生者の他の二人は凜子からウイルスを移されたのかもしれない。だが、土屋健太郎は何者かが意図的に移したんじゃないか？」

安田弥生は土屋健太郎には移していないはずだ。遺族もウイルス学者ではない。誰が何のためにそんなことをしたのか？

「あるいは……。注射器は何かを注入するためだけじゃない。採血のように抜き取るときにも使うぞ」

祐一は衝撃を受けた。

「何者かがウイルスに感染した土屋健太郎からウイルスを採取しようと試みたと？」

「十分にありうることだろう」

祐一の脳裏に、カール・カーンの顔が思い浮かんだ。

西城等はボディハッカー・ジャパン協会のメンバーだ。西城に科学的な素養はない。西城に今回の事案を伝え、監視を命じた同協会の何者かが、医療の心得のある誰かに、感染者の一人からウイルスを採取するように命じたのではないか。

その何者かとはカール・カーンではなかったか？

人を蘇生させる技術は、カーンがもっとも興味を持つ不老不死にも通じる。

「コヒ、詰めをしっかりしろ。われわれの敵は予想以上に大きな存在かもしれないぞ。

それじゃ、もう出ていっていい。ご苦労。お疲れさん！」

島崎はそう言い終えると、ポケットから何かを取り出して、グラスの水で飲み下した。それは抗ウイルス薬のタミフルだった。


その夜はやけに静かな夜だった。

母の部屋で夕食を済ませ、星来は食後すぐ寝てしまったので、祐一は一人で自室に上がってきた。

母にはもう亜美に話しかけないと約束したが、星来に聞かれる恐れがない状況にあれば、簡単にその約束は反故《ほご》にできてしまう。

祐一はノートパソコンを開き、トランスブレインズ社のアプリを起動した。

銀色の繭のような形状のカプセルが、暗闇の中で緑の誘導灯の光を浴びて、神秘的な輝きを放っている。カプセルの上部には楕円形の窓があり、妻の亜美の顔を覗くことができる。

マイナス一九六度の液体窒素で凍った妻の顔は変わらない。瞼を閉じ、微苦笑を浮かべたまま、永遠の眠りについているかのようだ。

祐一はここ数日の間に起きた事件や、恐ろしい蘇生ウイルスのことなどを妻に話して聞かせた。

たまに妻の声が聞こえることがあるが、今日は妻は黙っていた。まるでそこにいないかのように。

画面の暗闇の奥で何かが動いた。目を凝らすと、白い作業服を着た男が他のカプセルの点検をしているところだった。この時間帯に点検作業が行われることは稀のようなので、何か緊急な事態が起きたのだろう。

しばらく見つめていた祐一は既視感《デジャブ》に襲われた。前にもこの作業員が同じカプセルを点検する場面を見たことがある。

いつだろうか。祐一は必死に思い出そうとしてみた。記録をどこにも残していない。おそらくこの日本の、祐一が普段使う駅の反対側の電車内で、妻の亜美によく似た女を見つけた日よりもずっと前だ。

トランスブレインズ社のライブ映像はまったく変化のない、時が止まったかのような映像だ。毎日同じ映像を流されたとしても気づくのは難しい。

亜美はよみがえったのだ。

そして、この日本に、いる。

信じがたい想像に軽いパニックに襲われた。あらためてアプリの画像を見つめる。どれだけ時間が経ったかわからないほど、どこをどうというわけでもなく見つめていると、それまで気づかなかったものが見えてきた。

一度見え始めると、祐一はそれ以外目に入らなくなった。画面を拡大して注視してみる。

なぜそんなものが……!?

白い作業服を着た男性スタッフの首筋に光るペンダントは、祐一にとって馴染《なじ》みのある形をしていた。透明のピラミッド型の樹脂の中に金色の球体が浮かぶそのデザインは、ボディハッカー・ジャパン協会のものだった。

第二章　仮想された死

1

　SNSでカール・カーンから「友達」への追加通知が来た。携帯電話のアドレス帳にカーンの電話番号を登録したため、自動的に「友達」に追加されてしまったわけだ。しばらくすると、長いメッセージが送られてきた。

　曰《いわ》く、「蘇生ウイルス事案の解決、おめでとうございます。数日間とはいえ、よみがえった死者が生き続けたという事実は、死のくびきから人類を解放する可能性を秘めたものであり、人類の長年の夢、不老不死の実現への揺るぎない第一歩であると言っても過言ではないでしょう。つくづく、安田弥生氏の研究成果が明かされなかったことが残念で仕方ありません。

事件の解決により、当協会の関与の疑いが晴れたとはいえ、協会員の西城等氏による独断行動は許されるものではなく、当協会はこのほど西城氏を除名処分にいたしました」。

返信はしなかった。

祐一は、西城を裏で操っていたのはカーンではないかと疑っている。蘇生者の一人、土屋健太郎の左腕に注射痕があったのは、蘇生ウイルスのサンプルを盗み出すためだ。今回の事案を把握しているボディハッカー・ジャパン協会の何者か以外に考えられない。

祐一はまた、トランスブレインズ社のスタッフがボディハッカー協会のシンボルを象《かたど》ったペンダントを首に垂らしていることについても知りたかったが、あえて触れないことにした。カーンであれば、遠い地で何が起こっているのかを把握しているのではないかと思われたが、こちらからその件に触れたくない。亜美を冷凍保存していることは祐一最大の弱みである。誰にも知られたくない秘密だった。

カーンが敵なのかはわからない。味方とは思えないが。

敵ならば、なおのこと遠ざけるのは得策ではない。細くともつながっておけばいい。

祐一にはそれよりも気がかりなことがあった。

あの蘇生ウイルスは、人類の長年の夢、不老不死実現の第一歩だったのか。

ガラスマスク越しに溶けゆく安田弥生の恐ろしげな顔がよみがえった。

安田弥生の溶けた顔が妻の亜美のものへと変わっていく。

あんなものが人類の夢であるはずがない。

祐一は頭からイメージをうち消そうとしたが、なかなかできなかった。

不老不死を夢見ること、神に近づこうとすることは疑いようのない悪なのではないかという気がしてきた。

——そんなふうに思う資格がおれにあるのか⁉

死んだ妻を氷漬けにして、いつか生き返る日が来るのを夢見ている男に——。

夢見ているうちが華なのかもしれない。実現してしまった夢は悪夢と化すのかもしれない。

忘れたほうがいい。亜美のことを忘れようと決めたときに、トランスブレインズ社のライブ映像の偽装疑惑が浮上した。

トランスブレインズ社には、アメリカのボディハッカー協会が関与しているのかもしれない。ネットで調べてみると、トランスブレインズ社の創業者がボディハッカー協会のメンバーであった。今世で死ぬには惜しい人間を氷漬けにして生かし、発展した科学の世界で生き返らせ、さらなる科学の発展に寄与させようという考えなのだろう。

あの日見た亜美に似た女は、本物の亜美だったのかもしれない。

祐一は怖くなってきた。あれほど心待ちにしていた妻の蘇生を恐ろしく思った。

しばらくの間、祐一は妻を探していない。

運命には逆らわないほうがいいのかもしれない。祐一は仕事に専念することにした。


その日、島崎博也課長からの呼び出し場所は変わっていた。

帝都大学病院精神科の待合室へ行くと、明らかに具合の悪そうな患者たちの中にあって、ストライプ柄のパリッとしたスリーピーススーツを着こなした、やけに姿勢のよく、やけに居丈高《いたけだか》な雰囲気の男が、ソファに悠然とした態度で座っていた。

警察庁刑事局刑事企画課の島崎博也課長である。

「よう、コヒ。まあ、そこへ座れ」

祐一は近くのソファに腰を下ろし、呼び出し場所を不審に思って尋ねた。

「課長、どうかされたんですか？　メンタルに問題でも？」

「いや、おれじゃない。実は、ＳＣＩＳ案件だ」

島崎が人の耳を気にせず、声をひそめることもなかったので、祐一は言葉を失った。

「大丈夫、気にするな。ＳＣＩＳなんて単語はおれたちしか知らない。ここからの話が重要だ。今回の事案がうちに回ってきたのは、実は二週間前が最初だったんだが、どうもうちの管掌事案とは思えなくて、おれはずっと無視してたんだよ。それが、その後の二週間で被害が広がったもんで、これはただごとじゃないなと……」

「はあ。それが精神科とどう関係があるんですか？」

島崎の話がまったく見えない。内容をぼかしているから当然だ。

「あるんだよ。何のことかわからないだろうから、まずはその目で確かめてもらいたい。……よう」

島崎が祐一の後ろに向かって手を上げた。振り返ると、長谷部が現れたところだった。

「お疲れ様です！」

長谷部がいつになく畏まった調子で低く頭を下げた。

「長谷部警部をおれが呼んでおいた。あと、最上博士にも連絡したんだが……」

最上博士は、前回の任務のあとも八丈島には帰らず、赤坂のビジネスホテル〈サンジェルマン・ホテル〉を根城に、科捜研などをあくまでも職務の一環として訪れるなどし、その実態は、連日都内にある有名スイーツ店と有名ラーメン店をハシゴするというグルメ三昧の日々を過ごしていると聞いていたが……。

コロコロという小気味のよい音を立てながら、ピンク色の小さなキャリーバッグを引いた、中学生ぐらいのコギャルめいた出で立ちの華奢《きゃしゃ》な少女が近づいてきた。

最上友紀子博士である。相変わらず家出少女にしか見えない。

「おっつー、みんな。あ、課長のヒロ君もおっつー」

祐一も長谷部も凍り付いた。警察庁のエリートキャリアをそんなニックネームで呼ぶ人間は誰もいない。

島崎は引きつった笑みを浮かべた。

「はは。ヒロ君か……。おれをそう呼ぶのは最上博士と妻の真智子《まちこ》ちゃんの二人だけだな」

長谷部が思わず失笑したが、島崎の鋭い視線を浴びて、顔を引き締め直した。

島崎を先頭に歩き出し、精神科の区画の一番奥へと進んだ。壁も床も天井もすべてが乳白色の無味乾燥な空間が続いた。

島崎はある扉の前で立ち止まり、祐一たちを振り返った。

「驚くな、と最初に言っておこう。いまから会ってもらう二人の患者は、一見すると重度のうつ病患者のような症状を呈しているが、一点において大いに違っている。何とも信じがたいことに、〝わたしはもう死んでいる〟そう言って譲らないのだ」

「わたしは死んでいるとはどういう意味ですか？」

長谷部が驚いて聞き返した。

島崎は目論見《もくろみ》どおりの反応を示した長谷部に、うれしそうにほくそ笑んだ。

「ふふ……。言葉どおりの意味だ。おかしな話だ。自分の足でここに来て、生身の身体をさらしながら、〝わたしはもう死んでいる〟と言ってはばからないんだからな。だが、嘘をついているわけじゃない。本人はいたって真面目だ。本当に自分はもう死んでいると、そう信じて――」

「コタール症候群だね」

最上がにっこりして言った。

「え？　えっ？」

「わたしはお医者さんじゃないから、コタール症候群の患者さんを直接診察したことはないんだけど、〝わたしはもう死んでいる〟なんて、漫画の『北斗の拳』の主人公のケンシロウが秘孔《ひこう》を突いたあとに口にするようなセリフを言うんなら、それはもう間違いなくコタール症候群の患者さんだよ」

「えっ――」

島崎は何か反論を試みようと口を開きかけたが、最上はそれさえさせなかった。

「もうコタール症候群の患者さんだってわかっちゃったから、会う必要もないような気もするけど、もちろん会ってあげるね。でも、もう驚くことはないよ。だって、コタール症候群の患者さんだってわかっちゃったんだからね」

「最上博士」

祐一と長谷部の二人は、最上がもうそれ以上、課長を落胆させないよう、小声でたしなめた。

「課長、それではお目にかかりましょうか。どんな患者さんなのか非常に興味がありますね」

「あ、ああ……、おまえがいろいろ聞いてみてくれ。ほら、これがカルテだ」

祐一はカルテを受け取って、ちらりと島崎の顔を盗み見た。

島崎はとても悲しそうな目をしていた。

がらんとした何もない部屋に、数脚の椅子が置かれて、二人の似た顔立ちの若い女性が並んで座っていた。横から午後の陽光が強く当たっていたが、彼女たちは沈んだ暗い顔をしていた。

長谷部は戸惑ったように、二人を交互に見比べた。二人は区別がつかないくらい似ていたからだ。同じストレートヘアに、白い瓜実型の顔、そばかすの散った頬、桜色の裾の長いワンピース、少し汚れた運動靴……。

「わたしたちは双子です」

二人は声をそろえて言った。

祐一は二人のカルテに視線を落とした。松尾《まつお》沙羅《さら》と飛鳥《あすか》の二人には、既往歴があった。十代の後半から現在まで、長い間うつ病に苦しんできた。互いに互いの存在を認めたくない、ひるがえって、自分自身をも認めたくないという葛藤を抱いてきたという。

死ぬことを考えたことがあり、二人は何度か死のうとして互いに相手の首を絞める行動に出たことがある。死にきれなかったが、自分は死んでいると思う奇病が出てから、すっかり自殺願望は消えたらしい。死んでいる人間は、もはや死を願わないからだ。

姉の沙羅のほうが言った。

「生きているように見えるかもしれませんが、わたしたちは二人とも脳は死んでいるんです」

続いて飛鳥のほうもうなずいた。

「ええ、本当に死んでいるんです。それをまず理解してください」

まったくもって意味不明な発言に、長谷部が驚いて祐一の反応をうかがった。最上からコタール症候群とはそういうものだと聞いていたが、祐一も驚きを隠せなかった。二人とも陰鬱《いんうつ》な表情をしているとはいえ、まったく正気のようで、嘘をついているようには見えなかった。

本気で自分は死んでいると、そう信じているのだ。いったい脳がどういう判断を下せば、生きながらに死んでいるなどと思えるのだろう。

最上だけは驚いた様子もなく、好奇心旺盛な目を輝かせていた。

祐一は尋ねずにいられなかった。

「脳が死んでいるとはどういう意味ですか？」

「脳が死んでいるというそのままの意味です」

沙羅が答えた。祐一の質問に戸惑っているようなそぶりであるが、戸惑うのはこちらのほうである。

「でも、あなたはいま、わたしとこうして話をしていますよね。脳が死んでいたら、できないことではないですか？」

二人の双子は同時に首を左右に振った。

「いいえ、わたしの脳は死んでいます。彼女の脳も死んでいます。精神は生きているんですが、脳は死んでいるんです」

脳が死んでいるとは、生きる意欲、欲求や情動を感じる能力の喪失をいっているのだろうか。

これでは話が終わることはない。質問を変えることにした。

「自分は死んでいると思うようになったきっかけは何ですか？」

「それが覚えていないんです。思い出そうとすると頭が割れるように痛くて……」

最上が口を挟んだ。

「あまりにもショックな出来事があったのかな。それで記憶が飛んでいるのかもね」

黙って後ろに控えていた島崎が口を開いた。

「同様の症状に陥《おちい》った患者が、ここ一ヶ月の間に、判明しているだけでも十三人現れている。他の患者からも聞き取りを行っているが、なかなか要領を得なくてな」

最上が腕組みをしてうなった。

「うーん、コタール症候群ってとってもめずらしい病気なんだよ。それが一ヶ月の間に十三人も見つかるっていうのは、何か共通のきっかけがあったのかもしれないね」

最上の言葉を受けて、長谷部が同意見だというようにうなずいた。

「人生でいったい何が起きたらこんな奇病にかかるんだろうな。患者たちの発症前の行動を洗ってみるか」

2

玉置孝、山中森生、奥田玲音は、コタール症候群を発症した十三人の患者とその家族、仕事仲間、友人たちに事情を聞くために、日本各地に飛んだ。

北は岩手、西は島根まで、十三人の住居はまちまちで、仕事、学校、交友関係を考慮しても、彼らの間に接点はなさそうだった。

現代人は人付き合いが少なくなったと言われるが、それは目に見える現実世界での話だ。SNSを主としたインターネットを介した人間関係は複雑な上に、地理的な縛りをいっさい受けない。地球の裏側に住む相手ともリアルタイムでやりとりすることができる。一昔前では考えられない人間関係の多様性である。

スマホやパソコンなどの解析に時間がかかったため、次にSCISのチームが顔をそろえたのは一週間後で、その間にもコタール症候群を発症した患者が三人も増えていた。

朝の九時に、警視庁にあるSCIS専用の刑事部屋に、小比類巻祐一と最上友紀子、長谷部勉、玉置孝、山中森生、奥田玲音のメンバーが集まった。

森生がコンビニで買ってきたお茶のペットボトルとおにぎりをみんなに配った。祐一はたらこのおにぎりに手を伸ばしかけたが、コンビニのおにぎりのご飯粒の食感がどうも好きになれず、やめることにした。最近、健康に気をつけてもいた。間食はすまいと心に決めていた。

「あれ、小比類巻警視正は食べないんですか？」

森生が目ざとく指摘しながら、すでに自分のものにしようと手を伸ばしていた。

「ええ、欲しいのならあげますよ」

「あざっす」

「それと、小比類巻警視正はやめてください。さん付けでけっこうです」

玉置が食べながら口を開いた。

「小比類巻さんって舌嚙みそうなんで、コヒさんでいいっすか？」

「こらこら」と長谷部がたしなめた。

どうでもいい話に時間を費《つい》やしたくはないと、祐一は咳払いをしたのち口を開いた。

「われわれが無味乾燥な軽口を叩いている間にも犠牲者は増えていっているかもしれません。それでは、順番に報告していってください」

玉置が軽い感じで手を上げた。この男は手の上げ方からして、誰かが教えてやらなければいけないのではないかと思うほど、だらしがない。そして、ガムを嚙んでいる。毎度ブルーベリー味だ。

「いや、まだ全患者から聴取し終えたわけじゃないんすけど、興味深いことがわかりました。まず、彼ら、マジで自分が死んでるって思い込んでいるってことです。嘘じゃないです、マジなんす。揺るがないほど真剣に、自分は死んでるって思ってるんすよ」

「そう、あれちょっと腹立ちますよね？」

祐一が唯一まともだと思い込んでいた、奥田玲音が玉置に話を合わせた。

「いや、おまえ絶対生きてるだろ。鏡見ろよって言ってやりたくなるじゃないですか。実際、言いましたけどぉ。それでも、自分は死んでいるって頑《がん》として譲らないんですよ。張っ倒してやろうかって思いますよね」

「ネエさん、怖ーい」

にやにやしている森生を、玲音が鬱陶《うっとう》しそうににらんだ。

祐一は、静かだが断固とした口調で言った。

「それがコタール症候群という病気の症状なのだから仕方がありません。まさか、報告は以上じゃないでしょうね？」

「まさか。ありますよ、あります！」

玉置があわてて手帳を開いた。

「コヒ警視正、意外とすぐ怒るし怖いから……」

祐一はこのときに、自分の呼称が今後「コヒ警視正」になるだろうな、と悲しみとともに悟った。

長谷部が両手をパチンと叩いた。

「ほら、何かいいネタがあるんなら出せ。出し惜しみせずに出せ！」

玉置と森生と玲音の三人が目配せした。三人とも勝利の余裕の笑みを浮かべた。

「やっぱあるのか。ほら、出せよ」

「あるんすよ。あるんすけどねぇ。これ、言うか言わないか迷うんすよねぇ」

「捜査報告会議の席で何を迷うことがある。ほら、言え」

「実は、おれらが事情を聞いた七人は、全員VR用の高性能のヘッドマウントディスプレイを持ってたんす。頭から被るゴーグルみたいなやつです。あと、拳銃型のガジェットもありました」

「あー、はいはい。VR《バーチャルリアリティ》な。いま流行《はや》ってるあれな」

長谷部が話についていこうとして、中途半端な相づちを入れた。たぶん名前を聞いたことがある程度の知識だろう。

「そうです。いま流行ってるあれです。気になったんで、どんなアプリをやっているのかと、七人のパソコンの閲覧履歴を調べてみたんですよ。そうしたら、ちょっとびっくりなサイトに行き着いたんです」

玉置はノートパソコンをデスクに置いた。『VRコスミック』という名のサイトが表示されていて、「ソーシャルVR」と「VRゲーム」という文字が目に飛び込んできた。

そこは仮想世界（VR）で世界中のユーザーがコミュニケーションを図ったり、一緒にゲームに参加したりできるVR専門のコミュニティサイトのようだった。

「このサイトはユーザーが自作のゲームアプリなんかをアップロードして、みんなで遊べる仕組みなんですが、そんなゲームの一つに今回の患者さんたちは集まっていたんですよ。これなんですけどね」

玉置はサイトのアイコンをクリックしていき、とあるゲームのコミュニティの中に入った。

祐一はゲームのタイトルを見て言葉を失った。

ローマ字で『ロシアンルーレット』とあった。リボルバー式の拳銃に一発だけ実弾を装塡《そうてん》し、シリンダーを回転させてから、人のこめかみに当て、引き金を引く危険なゲームである。

「ずいぶんとまた悪趣味なゲームだな」

長谷部が呆れたようにつぶやいた。

玉置が画面を指差しながら説明した。

「ユーザーはアバターって呼ばれる自分の分身キャラになって、ゲームに参加するんです。アバターっていってもリアルな3Dで再現されますから、ゲームとはいえけっこうリアルなロシアンルーレットですよ、これ」

最上がノートパソコンの画面にぐっと顔を近づけてにらんだ。

「むむ。興味深い。コタール症候群っていう奇病に陥った原因は、このロシアンルーレットっていうアプリをやったからだろうね」

最上はすでに断じているようだ。

長谷部が堪《た》まらずという感じで口を挟んできた。

「あの、ちょっと待ってくれ。最近の流行にまったくついていけてないオジさんにもわかるように説明してもらいたいんだが……。VRって、ゲームとかでいま流行ってる仮想現実とかいうやつだよな。でさ、仮想現実ってそもそも何だ?」

森生が衝撃を受けたように目を剝いた。

「ちょ、係長、それマジで言ってるんですか？　ＶＲを知らないなんてどうかしてますよ。ゲームはもちろんアダルトビデオだって、これからはＶＲの時代なんですよ！　ＶＲは臨場感と没入感が違うんです！　今度うちにやりに来てくださいよ！　って、変なことやっちゃダメですよ。ぷぷ」

「ちょっとそいつ黙らそうか。３ＤとＶＲってどう違うんだ？　３Ｄはなんとなくわかるんだよ。立体的って意味だろ？　映画の『アバター』を観たとき、３Ｄグラスってやつを生まれて初めてかけたから。スクリーンから映像が飛び出してきたときは衝撃だったよなぁ」

玉置が「あー、はいはい」と軽い調子でうなずいた。

「でも、あれはあくまでも映画というフィクションの世界を観客席という現実世界から覗いている感じじゃないですか。でも、ＶＲはぜんぜん違うんですよ。ゴーグルを頭から被れば、ＶＲ作品の世界の中に自分もすっぽり入っちゃうんですよ。それが森生の言った臨場感とか没入感とかの意味です。といっても、百聞《ひゃくぶん》は一見《いっけん》に如《し》かずで、ＶＲは実際に自分で体験してみるのが一番っすね」

玉置が画面に浮かぶロシアンルーレットの文字を指差したので、長谷部はおびえたように一歩後《あと》じさった。

「いやいや、VR初体験がこれなんて勘弁してくれよ」

「うちらもやってみようかと思ったんすけど、このアプリは予約制で、事前にいくつかのアンケートに答えないとダメらしいんすよ。けっこう面倒くさいんで。おまけに、毎月第二と第四の日曜日しか開催されないんです」

「タマやん、ゲームは何時からスタートなの？」

最上が尋ねると玉置が答えた。

「午前二時からです」

「ふーん、一日の中でもっとも静寂な時間帯を選んでいるわけだね。より没入しやすいようにね」

祐一は確認のために尋ねた。

「最上博士は、参加者がこのアプリを体験したがために、コタール症候群になったかもしれないと考えているんですね？」

「うん。いまタマやんもVRのリアリティについて説明してくれたけど、VRの中で体験するさまざまなことはね、小説を読んだり、映画を観たりして、空想的な体験を得ることとは別次元なのね。ＶＲの体験は本物の体験に極めて近いものなの。頭にゴーグルを装着した瞬間に、〝その場にいる〟っていう臨場感を感じることができるからね」

「そう、そうっす」

森生は相当のＶＲ中毒者なのか、最上がＶＲの世界観を語ってくれることがとても嬉しそうだった。

「ＶＲ内での体験を、脳は現実の出来事ととらえてしまうのね。仮想世界で一日過ごすと、現実と非現実の違いがわからなくなるほどなのね。だから、現実の経験と同じ生理学的な反応を脳に引き起こすんだよ。たとえば、ＶＲの世界で高所から飛び降りたなら、本当に飛び降りたと同じ恐怖と興奮を感じることができるし、たとえば、ＶＲの世界で人を撃ち殺したとしたなら、本当に人を撃ち殺したと同じ恐怖と罪悪感を感じることができるってわけ」

長谷部が驚いて声を上げた。

「えっ、ＶＲの中で人を殺すと、ホントに殺したような罪悪感を抱くって？」

「そうだよ。海外では、ＶＲ中の殺人行為は違法にするべきとの声も上がっているほどだからね。ゲーム開発者は、ＶＲでは一人称視点の暴力ゲームをつくらないということで意見が一致してるし。いままでもさんざん暴力的だったり性的だったりする映像やゲームは青少年の育成に悪影響を及ぼすなんて言われてきたけれど、ＶＲの中での体験はそんな次元のものじゃないの。まったくの別物だよ」

「そんなものは規制だ、規制！　中毒ブタが増える」

「やめてください！　中毒になんてなってませんよ。ぶひぶひ」

長谷部と森生のくだらないやりとりは誰も無視である。

「だからね、ＶＲの中で仮想とはいえ、ロシアンルーレットをして、もしも自分の番になって拳銃を握り締め、こめかみに銃口をあてがい引き金を引いて、もしも運悪く実弾が発射されて死んでしまったとしたら、それはもう現実の世界の本人もまた死んでしまったと感じるほどの恐怖と衝撃を受けるはずだよ。今回のコタール症候群の患者さんはみんな、それが原因で病気になっちゃった人たちなんだろうね。ひょっとしたら、中には本当にショックで心停止してしまった人も、探してみたらいるかもしれないよ」

祐一は困惑した。ＶＲのリアリティは現実と同等であり、ＶＲ中の経験は現実の経験と同じ生理学的な反応を引き起こすという。

どれだけ脅し言葉を並べられても、ＶＲの経験のない者としては何ともイメージがしづらい。やってみたい気持ちもあったが、やったらやったで、コタール症候群になるのは嫌だった。

身の危険を冒すことはない。事件を解決すれば、それでいいのだから。

「奥田さん、このゲームの作製者を特定することはできませんか？　ソフトをアップロードした際に、サーバーにログ記録が残るはずですが」

サイバー関連に明るい玲音が答えた。

「はい、当ーっ然調べました」

玲音は〝当然〟のところを強調するなどひと言多いし、いつも少し怒っている雰囲気を醸し出している。

「サイトを運営している『ＶＲコスミック』社は自前のサーバーを持っているんで、担当者と会って話を聞いたんですが、ログ記録が消された痕跡があるんですよね」

サーバーというコンピューターの中には、会社がホームページを運営する上でのすべてのプログラムが入っている。新たに自作のアプリをコミュニティに加えたい場合は、ユーザーはサーバーにアクセスして、自作アプリをアップロードしなければならない。

その際に、どこの端末からアクセスしたのか、その記録が必ず残る仕組みになっている。

それがログ記録といわれるものだ。

「このゲームアプリの作製者はそこそこハッキングの知識があるようですね」

犯人は法を犯したのか。祐一は少し危惧《きぐ》していたのだ。何者かがつくったゲームをして、たとえ病気になったとしても、いったい何の罪で告発すればよいのか。ＶＲの世界での傷害や殺人では、現行の法律では罪を問えない。

「不正アクセス禁止法、立派な犯罪行為で、作製者を逮捕できますね。ログ記録を消されたら、作製者にたどり着けないんですか？」

「着けるわけないじゃないですか。痕跡がなくなってるっていうのに！」

玲音になぜか軽くキレ気味の返答をされて、祐一はちょっとドキドキさせられた。普段、上司の課長を別にして、警視正が誰かに叱責されることはまずない。まして自分より年齢の若い警察官にキレられることなどありえない。

最上が「うーむ」と腕組みをした。右腕を外して、指でこめかみのあたりをぽんぽんと叩いた。明晰《めいせき》な頭脳がめまぐるしく回転しているに違いない。

「思うんだけどね、たぶんこのゲームアプリの作製者は、ロシアンルーレットがプレイされるときにも、主催者として参加するんじゃないかな。こういうゲームをつくって、つくりっぱなしってわけないもん。わたしだったら、どんな人がどんなふうにプレイして、そしてどんなふうな結末を迎えるのかまでちゃんと見守ると思うからね」

祐一も同じ考えだった。

「確かに最上博士の言うとおり、毎回ゲームが行われるとき、ユーザーの中にゲーム作製者が紛れ込んでいる可能性はありますね。玲音さん、次回ゲームが開かれるときに、参加しているユーザーを特定できませんか？」

「もちろん、サーバーを管理している会社にお願いすれば、参加しているユーザーのIPアドレスを手に入れることはできますよ。リアルタイムでアクセスしている場合なら、ログ記録を消すことはできませんので。でも、手に入れたIPアドレスからはそのユーザーが使っているプロバイダーと大まかな地域情報がわかるだけで、どこの誰かまでは特定できないですよ」

ＩＰアドレスとは、パソコンやスマホなどネットワーク上につながっている機器を識別するために割り当てられる、インターネット上の住所のようなものである。ＩＰアドレスは各端末にけっして固有のものではなく、ネットワークへの接続ごとに変わる場合もあり、ＩＰアドレスからその端末の所有者を突き止めるには、端末とインターネットをつなげているＮＵＲＯ光やａｕひかりといったプロバイダーに対して情報公開を請求しなければならない。

長谷部が軽い感じで玲音に命じた。

「じゃあ、情報開示請求をプロバイダーにしろよ」

「は？　しても、拒否されますよ。間違いなくその人物が不正アクセスしている証拠があって、裁判所も認めて裁判所命令を出してもらわないと、プロバイダーはそう簡単に情報を開示したりしませんからね」

最上がけろっとした顔で言った。

「へ？　そのサーバーをハッキングしてスーパーユーザーになれば、自由にユーザーのログ記録を覗いたりできるじゃん。このＳＣＩＳっていうチームは特別な組織で、警察内部でもその存在はないとされている部署なんでしょ？　だったらなおのこと、多少のことは目をつぶってもらわないと！」

最上はＳＣＩＳを映画『ミッション・インポッシブル』などに出てくる諜報組織と勘違いしているらしい。

「最上博士、合法的に行きましょう。情報開示の件は、わたしがなんとしますから」

一同の畏怖《いふ》をはらんだ目線が集まった。

長谷部がうらやましそうに言った。

「さすがっ！　普段は権力の〝け〟の字も見せないのに、ここぞというときはさらっと絶大な権力を見せつける……。モテないわけがないな」

「いや、そんな……」

「おれ、生まれ変わったらコヒ警視正になりたいです！」

「森生が生まれ変わったコヒ警視正はいまのコヒ警視正とは似て非なる者になる気がするなぁ」

「係長って、地味に傷つくこと言いますよねー」

森生の冗談に長谷部たちが笑ったが、祐一はスタンスとしてくだらない話には付き合わないと決めていたので無視した。

「それでは、準備を整えて、次の開催に臨みましょう」

最上が付け足すように口を開いた。

「あのさ、次の開催のときは、わたしたちもユーザーとしてゲームに参加したほうがいいんじゃないかな。そうすれば、実際にＶＲの世界でどんなことが行われているかわかるでしょ？　ハッセーみたいにまったくＶＲがわからない人もいるんだし、目で見て耳で聞いて体験してみないことには、コタール症候群を発症するプロセスが見えてこないと思うんだよね」

「しかし、それはあまりにも危険すぎます」

「そうだそうだ。コタール症候群になったらどうするんだ。ミイラ取りがミイラになりかねないぞ」

祐一と長谷部の抗議も最上には届かない。

「大丈夫だよ。最初のうち様子を見るだけだから絶対大丈夫。ロシアンルーレットが始まったら離脱すればいいんだもん」

最上の言う「大丈夫」ほど大丈夫じゃないような気がした。

人生経験の浅さからか、森生が単純に納得したようだった。

「なるほど。そうですよ、やらなきゃいいんですよ」

「そ、そうかなぁ……」

長谷部は不安げだったが、祐一も同じだった。やったことがないので、どういう進行になるのかさっぱりわからないし、最上にその場を任すのは子供に任せるのと同じくらい危険な気がした。

　最上が続けた。

「それともちろん、このサイトの運営会社にも頼んで、スーパーユーザーの権限をもらわないとね。スーパーユーザーっていうのは管理者権限を持ったユーザーのことね。参加者のＩＰアドレスをリアルタイムに覗くことができるのね。そのほうがあとで管理会社に問い合わせるよりも確実だもんね。ハッキングをしないっていうんなら、そうするしかないよね」

「もちろんです。では、そうしましょう」

　祐一は長谷部と視線を交わした。すっかり最上のペースに乗せられている気がした。

　主導権を奪うべく祐一は口を開いた。

「それでは、本当に最初だけの参加ということにして、チーム内から参加者を選びましょうか」

　玲音が間を空けずに口を挟んできた。

「あ、わたしはゲームの運営会社に連絡を取って、参加者のＩＰアドレスを手に入れる係やりますから」

ゲームの参加者役をさっそく逃れたわけだが、サイバーに詳しい玲音はそっちのほうが適役だろう。

「そうだね。玲音ちゃんはスーパーユーザー役お願いね。じゃあ、祐一君」

最上が人差し指を祐一に向けたので、祐一はどきりとさせられた。

「祐一君はチームの司令塔だからダメだよね。ハッセーは――」

最上の人差し指を向けられた長谷部は、その指先から逃れるように背を反らした。

「ハッセーは違うなぁ。タマやん――」

「あ、おれこう見えて、育ち盛りの子供が二人いるんすよ。嫁も専業主婦ですし、まだまだ大黒柱はやめられないっすからね」

「そうだなぁ。タマやんは違うかなぁ」

長谷部が最上より先に結論を下すように森生に指を向けた。

「それじゃ、森生――」

「お断りします」

森生は丁寧に頭を下げた。

「いやいや、おまえ散々VRの世界の素晴らしさを力説してたじゃないか。な、おまえやれよ」

「お断りします！」

「大丈夫だよ、森生。わたしも一緒にユーザーとして参加してあげるから」

最上が自分の胸をドンと叩いて見せた。それはあまり心強そうな仕草ではなかった。

心配しかない。

「最上博士は、長谷部さんとわたしと一緒に司令塔を手伝っていただかないと」

「ううん。わたしはね、この目でVRの世界で何が行われるのかを見たいの。大丈夫。ちゃんと危なくなる前にゲームを離脱するから。心配しないで」

森生が真顔で最上を見た。

「じゃあ、最上博士におれの命お預けしますから」

「うん、森生の命、ユッキーが預かるね。信用してくれて、ありがとうね」

祐一の心配は消えなかった。

3

「そうか、あの案件、ＶＲの話になってるのか」

報告を終えると、島崎課長は疲れたように目頭のあたりを揉んだ。

「ＶＲは、日本の警察もテロ対策チームのトレーニングに導入しないかって話があってな。あれ、盛り上がってるのはＶＲ体験者なんだろうな。おれ、そういうの疎いんだよ。そういえば、高一の息子の聖司《せいじ》がＶＲゲームやるんだが、最近夢中で部屋から出てこないんだよ。何やってんだろうな。今朝久々にあったら、生気がなくなったような顔してたけど……。やっぱりああいうゲームばかりやると、学業がおざなりになるよな」

祐一は、島崎課長の息子の状況について、いろいろと想像することがありはしたが、何も言及しないことに決めた。

「もとい。ＶＲ案件は法律の整備が追いついてないから大変でな。製造物責任法、通称ＰＬ法ってあるだろう。製造物の欠陥に対するメーカー側の責任を問える法律だ。たとえば、ＶＲ専用のゴーグルの設計に問題があって、利用者がゲーム中に怪我をしたとか、具合が悪くなったりしたら、その責任をメーカー側に問うことはできる。しかしだ。ＰＬ法では、データやプログラムは対象外なんだよ。無形物だから。ＶＲのゲームそのもので具合が悪くなったとか、今回のケースのように、ロシアンルーレットをやったら、コタール症候群になってしまった、なんていうのは、ＰＬ法では作製者を訴えることができない」

「これからは、ＶＲ世界での悪《あ》しき行為についても、罰則が適用されるようにしなければいけないと思いますね」

「おれたちの仕事がまた増えるけどな」

とりとめのない話の付き合いを終え、祐一は課長室をあとにした。

その日は早めに帰り、明日に備えなければならなかった。あまり乗り気ではないが、星来と母を連れて、遊園地に行く約束をしていたのだ。

家に帰ると、案の定、星来ははしゃいでいて、夜はなかなか寝つけなかったようだが、祐一も眠れなかった。

亜美と二人で遊園地に行った日のことを思い出したりしていた。

いつの間にか見ていた夢の中で、祐一は亜美と遊園地にいた。

亜美の肩や腕、その頬に触れようとしても触れることはできなかった。目の前の亜美はホログラムだったのだ。

ＶＲの亜美ならば、触れることができるというのに――。

将来、ＶＲの技術が発展し、よりリアルな質感を表現できるようになり、ＡＩの頭脳を借りることができれば、亜美と寸分違わないＶＲの亜美と出会うことができるだろう。

見た目も変わらない。

話し声も変わらない。

しぐさも変わらない。

感情や思考まで変わらなければ、現実と仮想の境界は消失するだろう。

生や死といった概念すら消失してしまう。

永遠がこの世に出現する時だ――。

「パパ、ポップコーン買ってきていい？」

祐一はベンチに腰を下ろしていた。目の前に星来がいた。

記憶はちゃんとある。星来と母を連れて遊園地にやってきて、観覧車やメリーゴーラウンドに乗り、星来と母の笑顔を見て、祐一も久々の休日を楽しんでいたのだ。

腕時計を見ると、遊園地に来て九十分も経っていた。

「パパ？」

目と鼻の先にポップコーンの売店があった。一組の親子が並んでいる。

祐一が立ち上がろうとすると、星来が押し止めた。

「星来が自分で買うからおカネちょうだい」

祐一は財布から五〇〇円玉を渡してやった。星来が売店に走って行くのを見届けた。近頃は大人のやることは何でも自分でもやってみようとする。

現実と白昼夢が混濁していた。

奇妙な事件ばかりを担当して、疲れているんだろうか。

「お母さん？」

あたりを見渡した。母はどこへ行ったのか。そうだ、思い出した。先ほど「お手洗いに行ってくるわね」と一人で女性トイレへ向かったのだ。

あれからどれくらい経っただろう。五分？　十分経ったろうか。

祐一は売店へ顔を戻した。

「星来？」

星来がいない。

祐一はあわてふためいて売店へ向かい、売り子の女性に声をかけた。

「いま五歳ぐらいの女の子がポップコーンを買いに来ませんでしたか？」

売り子の女性は祐一の剣幕に驚いていた。

「いえ……、いまですか？」

「たったいま、五分も経ってない。五歳くらいの女の子がここに一人で買いに来たはずなんですが」

「いえ、見てません」

祐一はぐるりとあたりを見渡した。顔から血の気が引いていく。

頭は状況を把握しようとした。入場パスが必要な遊園地なら、五歳の女の子が迷子になってもすぐに見つかるはずだ。冷静になろうと努めた。

「祐一」

後ろから声をかけられ、振り返ると、母がおびえた様子で立っていた。

「お母さん、星来は？」

「え？　いないの？」

「たったいままでいたんだけど、ちょっと目を離したとたん――」

「何をやってるの。こんな人混みで……」

「手分けして探そう」

駆け出そうとしたとき、母が祐一の後ろを見て、ほっと安堵《あんど》の表情を浮かべた。

「ああ、星来ちゃん」

ポップコーンのバケットを抱えて、星来が歩いてくるところだった。

「星来！　どこに行ってたんだ？」

思わず厳しい口調で怒っていた。

何も返事がない。

星来の様子がおかしい。心がどこかへ行ってしまったような、放心した表情を浮かべていた。

「どうした？　何があった？」

祐一は星来の肩を揺すった。

星来の目の焦点が祐一の顔に戻ってきた。

「ママがいた」

「え？」

「ママがね、星来にポップコーンくれたの」

「そんな馬鹿な——」

言いかけて、祐一は言葉を呑み込んだ。

そんな馬鹿なことが、——ありうるかもしれない。

さっとあたりを見回したが、亜美の姿はどこにもなかった。

4

玲音が『ＶＲコスミック』のサイト上で、ロシアンルーレットゲームの参加申し込みをして、事前のウェブアンケートにも適当に答えた。

アンケートの質問は死にまつわるものばかりだった。たとえば、「死に魅了されたことはありますか？」とか、「これまでに自殺を考えたことはありますか？」といった具合である。

ゲーム開始の時間が近づいていた。

捜査会議室にて、デスクトップ型パソコンの画面を前に、ゴーグルを頭にセットした森生が待機していた。テーブルには、ゲームで使用する拳銃型のガジェットも置かれている。

森生はすでにして極度の緊張下にあるようだった。太り気味で、肌と密着した白いシャツは噴き出すような汗で広範囲にわたって変色しており、しきりに顔や首筋をハンカチでぬぐっていた。

同じテーブルには、最上博士もまたデスクトップ型パソコンを前に着席していた。ゴーグルを頭に載せ、臨戦態勢に入っているのか、やけに姿勢をピンと正しくして座っている。両手をもぞもぞさせているのは、まだかまだかと逸《はや》る気持ちの表れだろう。

祐一、長谷部、玉置は、テーブルから少し離れた席に座って彼らを見守っていた。玲音はノートパソコンとにらみ合ったまま、何やらコマンドを打ち込んでいた。事前にVRコスミック社から了承を得て、スーパーユーザーのパスワードを教えられており、管理者のアカウントを使ってサーバーにアクセスしたところである。

スーパーユーザーとなったいま、玲音はリアルタイムでゲームに参加するユーザーのログ記録をすべて閲覧することが可能である。ログ記録には、ユーザーが何時何分に接続したか、ユーザー名、ＩＰアドレスが表示される。

祐一は森生の前に置かれたパソコンの画面を後ろから覗き込んだ。ゴーグルを被ったときのような臨場感や没入感は得られないが、パソコン画面にも森生が見ているゲーム内とほぼ同じ風景が映し出されている。

画面の映像が切り替わった。

ゲーム開始である。

かがり火の焚かれた薄暗い部屋の中で、六人の人々が車座になって椅子に座っていた。彼らは全員、自分の分身のキャラクター、アバターである。実物の顔をそのまま投影しているのではない。森生の画面には森生視点の映像が映し出されているので、森生のアバターは見えないが、森生は一般的な日本人の若者のアバターを選んでいた。

正面に、真っ赤なドレスを着た金髪美女のアバターが木製の椅子に腰かけており、彼女の左側、反時計回りに、黒い革ジャンを着て銀髪の逆立ったロッカー風のイケメン男子、『トトロ』に出てきそうな大きな太った猫、その隣が森生で、右隣が頭だけチワワになっているスーツ姿の男、そして、最上のアバターであるトッケイヤモリというアジア原産のカラフルなヤモリの顔をしている少女である。前にあれだけヤモリはニホンヤモリがいいと言っていたのはいったい何だったのか。

それぞれ意匠《いしょう》を凝《こ》らしたアバターとして参加しているが、VRのアバターはユーザーの身振り手振りと喜怒哀楽の表情だけは正確に表現できるようになっている。ものすごい技術だ。まずトラッキング。VRユーザーの身体や視線の細かな動きを追跡し、次にレンダリング。トラッキングした情報をリアルタイムで具体化する技術が必要になる。そうして、人の心の状態、感情などがアバターの表情に刻まれるわけだ。

大猫のユーザーであっても、顔には恐怖が張り付いたように見えた。なで肩が大きく上下しており、呼吸が荒くなっているのがわかる。犬頭人間はちらりちらりと周囲の様子をうかがっていたが、すぐにその視線は自分の手先に落ち着いてしまった。

金髪美女はまるで蠟《ろう》人形にでもなったかのようにまんじりとも動かない。美しさの殻の中に魂が閉じ込められてしまったかのようだ。銀髪イケメンは冷たそうな冷や汗を垂れ流していた。よく見れば、彼が小刻みに震えているのがわかる。

そうした各ユーザーの心の状態がつぶさにわかるのだった。

最上のヤモリといえば、長い舌をちろちろと出し、大きな目を爛々《らんらん》と光らせていた。唯一この中で何一つ恐れず、好奇心を剝き出しにしている。

何かが聞こえ始めた。

どきん、どきん、という効果音が鳴っている。

すぐに心臓の鼓動の音だとわかった。

祐一は森生のアバターを見るために、最上のパソコン画面を覗いた。

何の変哲もないが、本人とは裏腹に痩身の日本人男性が、恐怖に目を見開き、部屋のあちこちに視線を走らせ、荒い息をして、滝のように汗を流していた。すでにロシアンルーレットゲームの異常な臨場感にすっかり没入しているようだった。

部屋の奥からもう一人のアバターが現れた。俗にグレイ型宇宙人と呼ばれる、身体全身が灰色で、つるっとした頭をして、大きな目が特徴的な生命体だ。目は白目がなく大きな黒目だけで、ころころと状況を把握するように動いていた。

このグレイ型宇宙人がゲームの作製者に違いなかった。

山中森生は、ゴーグルに覆われた耳当てから、つくられた効果音である心臓の鼓動の音を、自分の耳の奥では、自分の脈が強く打つ音を聞いていた。

どくん、どくん——。

効果音の心音と自分の脈動がぴたりと同期したとき、森生の額から大粒の汗が鼻の脇を通り、顎の下からしたたり落ちた。

森生は、かがり火だけが頼りの暗く狭く息苦しい部屋の中で、五人のアバターたちと車座になり、声一つ発せずに座っていた。

苦しげな呼吸音が聞こえる。

ぜえ、ぜえ、ぜえ……。

それがゲームの効果音か、他のアバターたちの本物の呼吸音なのかはわからなかったが、それはどちらであったとしても、森生に同様の生理学的反応を引き起こした。息苦しくなり、呼吸もままならなくなったのだ。

かがり火の熱さを感じた。実際にはゴーグルの額の部位が温度を一度高めることで、アバターはかがり火の熱さとして感じ取っているのだ。非常に上手くできたVRシステムだった。

この部屋に三十分もいたら、自分は失神するだろう――。

現実には捜査本部の空調の効いた部屋の椅子に座りながら、森生は本気でそう確信していた。

助けを求め、最上のほうを向いた。ヤモリの頭をした少女はじっと宇宙人を観察していた。森生の視線に気づきもしなかった。

すっかりゲームに夢中になっているかのようだ。

「みなさん、ゲーム開始時刻になりました。わたしが主催者のウロボロスです」

機械化された低い声が言った。発言者は宇宙人のアバターである。

「この部屋では、みなさまにロシアンルーレットをヴァーチャル世界でリアルに体験していただきます」

宇宙人は矛盾をはらんだ表現に自分で少し笑った。

「引き金を引いて、幸か不幸か実弾が飛び出した方はリアルな死を体験することができます。現代社会では死はいつもわたしたちの生活の場から隠されています。昔は死はもっと身近にあり、いつでも触れられたんです。それは人の死体というだけではなく、わたしたちが食すために動物を殺すこともそうです。死というものが忌避され、隠蔽《いんぺい》される時代だからこそ、わたしは死を身近に感じるためにこのロシアンルーレットのゲームによってみなさんに死を体験していただきたいと思うわけです。人間は必ずいつか死にます。その事実をわかっているからこそ、生の時間が輝くわけです」

宇宙人の演説は妙に慣れたものだった。何度もこのゲームを開催しているだけでなく、人を魅了する力を初めから兼ね備えているかのようだ。

金髪美女や猫型人間のアバターたちが、うんうんとうなずいた。

「そう、そのとおりよ。生を輝かせたい……」

「は、早く死んでみたい……」

「みなさんの足下にはランダムに番号が記されています」

アバターたちが一斉に自分の足下に視線を向けた。

森生も足下を見た。白い文字で〝4〟と書かれていた。不吉だ。

宇宙人が両手を突き出した。右手には拳銃が握られていて、左手の上にはさいころが載っている。

「これからわたしがこのさいころを振って、出た目の方から時計回りにこの拳銃を手に取って、こめかみに銃口をあてがい、引き金を引いてもらいます。実弾が発射されなかったらセーフで、必ず左隣の方に拳銃を渡してください」

どくん、どくん――。

ずっと鼓動が鳴り響いている。森生の緊張感は高まったまま一定しており、次にじわじわと恐怖が背中を這《は》い上がってきた。

「それでは、行きます」

宇宙人がさいころを左の手のひらの中で振った。

どくん、どくん――。

森生はぜえぜえとあえいだ。最上のほうを向いた。

今度は最上とばっちり目が合った。森生は目で訴えた。早くこのゲームから離脱しましょう、と。

スーパーユーザーの権限を得た玲音がすでにすべての参加ユーザーのＩＰアドレスを手に入れているはずだ。これ以上、ゲームに参加する意味はない。

――最上博士⁉

宇宙人が左手を開いた。

サイコロの目は５だ。

４じゃない。

森生は左右を見た。５番は誰だ⁉

みんなの視線をたどると、森生の右隣の犬頭人間が自分の足下を見つめていた。彼が

5番だったのだ。

「それでは、クロチンさん、あなたからスタートです。さあ、銃を手に取ってください」

クロチンは犬頭人間のユーザー名だろう。

宇宙人が犬頭人間に銃を差し出した。現実世界ではいまの森生と同じように、犬頭人間がいるどこかの現実世界のテーブルの上かどこかに拳銃型のガジェットが置かれているはずだ。

犬頭人間が拳銃に手を伸ばすのを見て、もしも犬頭が実弾を引かなかったら、次は犬頭の左隣である森生に番が回ってくることを知り、恐ろしくなった。

犬頭の右手に自然に拳銃がおさまったが、なかなか自分のこめかみにまで銃口が持ち上がらない。

ピンクの長い舌をだらりと垂らし、はあはあと早い息をしている。

「さあ、どうしたんですか？　右のこめかみに銃口を向けてください」

意を決したというように、犬頭人間は右手をゆっくりと震えながら動かし、なんとか銃口をこめかみに当てた。

最上はおとなしく犬頭人間を見守っていた。好奇心を抑えきれないのか、ロシアンルーレットが運悪く実弾を引くユーザーを見たがっているようだ。

森生は首をすくめた。すぐに銃声は聞こえなかった。

引き金を引けずにいるようだ。

どくん、どくん――。

もしも犬頭人間が引き金を引いて、何事も起こらなければ……。

次に森生が引き金を引いて、実弾が飛び出したら……。

いけない。これはおとり捜査なのだ。森生が引き金を引くことなんて、あるはずがない。

誰一人として死人を出してはいけないはずだ。

――最上博士、あんたは何をしているんだ⁉

森生はそう叫びたかった。

「さ、どうぞ！　引き金を引いてください」

宇宙人が強い口調で催促した。

一瞬の静寂。

かちり。

引き金を引いた。空砲だった。

犬頭人間は右腕を降ろすと放心したように椅子の背にもたれた。

「おめでとうございます！　では次の方、マカロニボーイさん、どうぞ拳銃をお取りください」

マカロニボーイは森生のユーザーネームだ。子供のころ、マカロニウエスタンの映画にハマったことに由来している。ちなみに、警察官を志したのも同じ作品群の影響だった。

森生は弾かれたように身体を反らせた。最上のほうを確認する。最上もまた森生を見ていた。その目にはやはり好奇心が宿っていた。

森生は視線を外さず、最上をにらんだ。

じっと見られるので、最上のほうが困惑したように小さく首をかしげている。

——え？

まったく伝わっていない。

森生は愕然とした。最上はいったい何のためにこのゲームに参加しているのか。森生が引き金を引いて実弾が出たら、コタール症候群になってしまうかもしれないではないか。

「どうしたんですか？　さあ、拳銃をお取りください」

森生は震える手を伸ばした。拳銃を手にする。実際には拳銃型のガジェットであるが、本物の拳銃のようにずっしりと重く感じた。

顔や頭、身体中から冷や汗が噴き出した。

「さあ、右手を持ち上げて。こめかみに銃口を向けてください。そして、ご自分のタイミングでけっこうですから、引き金を引いてください」

——嘘だろう？

現実世界では自分の後ろに長谷部や小比類巻警視正が控えているはずだ。

彼らはなぜ助けに入ってくれないのか。最上を信用しているんだろうか。絶対に信用してはいけない相手なのだ、と森生は後悔した。

どくんどくん——。

ぜえぜえ……。

早くこの息苦しさから逃れて楽になりたい。

勝手に右手が持ち上がった。こめかみに銃口が触れ、冷たさが走った。

本当に死ぬかもしれない……。

森生が引き金に指をかけたとき、ようやく最上が手と声を上げた。

「あの、ウロボロス君、ちょっといいですか？」

祐一はハラハラさせられた。いったい最上はどこまで人の気を引くつもりかとイライラもしていたが、ゲームに参加していないとはいえ、ＶＲの映像をパソコン画面で見ているだけでも十分にロシアンルーレットの恐怖を感じ取ることができた。

「ウロボロス君」

全員の視線がヤモリ顔の最上に集まった。

宇宙人の顔に驚きが広がった。

「はい、何でしょうか？」

「ウロボロス君がつくったこのゲームで、コタール症候群になった人たちが出ていることは知っている？」

「こた……、何ですか？　それから、その〝ウロボロス君〟という呼称はやめてくれませんか。〝君〟は余計です」

「ううん、わたしは誰に対してもけっしてリスペクト精神を忘れたくないから、ウロボロス君って呼ぶね。ウロボロス君はコタール症候群を知らないの？　自分が死んでしまったと思い込む不思議な病気のこと。世界でもあまり類例のない病気の患者さんが、この一ヶ月の間に日本で十三人も続出したのね。これは何かあるなと思って、その人たちを追跡してみたら、みんな、ウロボロス君のこのＶＲゲームをプレイしていたことがわかったの」

驚きの息を呑むような声があちこちから上がった。

宇宙人の目つきが険しくなった。

「あなたは何者ですか？」

「うん、わたし？　わたしは最上友紀子。わたしはそうは思ってないんだけど、ちょっとくらいは思ってるかもしれないけど、人は天才科学者って呼びます。いま警察の人たちと一緒に仕事をしているんだけど——」

宇宙人は警戒と困惑をあらわにした。

隣で長谷部が言った。

「ヤバい。逃げられるぞ」

祐一は森生からゴーグルを奪うと、自分の頭にセットした。とたんにVRの世界に移動して、目の前に宇宙人のアバターが現れた。

「わたしは警察庁の者です。ウロボロス、すでにあなたのIPアドレスをつかんでいます」

大猫と銀髪イケメンのアバターがふっと消えた。ユーザーがログアウトして逃げ出したのだ。もちろん、彼らのIPアドレスもつかんでいる。

「あなたは主催者、およびこのゲームの作製者ですね。仮想空間ではなく、現実世界で会って話を聞きたく思いますが」

宇宙人は逃げなかった。心理的に持ち直して、挑むような声で言った。

「それならば、令状を持って、直接訪ねてきてください」

「ねえ、いまちょっと質問していいかな？」

最上が割って入った。

「はあ」

宇宙人はヤモリ少女に興味を示したようだった。

「さっきのコタール症候群の話だけどね。因果関係ははっきりしていると思うんだよね。

ウロボロス君のせいで参加者の人たちはコタール症候群になっちゃったんだよね。どうしてウロボロス君はこんなゲームをつくったのかな？」

宇宙人はもはや堂々とした態度で答えた。

「このゲームの隠されたテーマは〝再生《リバース》〟です。先ほども少し話しましたが、現代という時代では、あまりにも死が隠されている。だから、対比として生を実感することができないでいる。生き生きとした感覚を得ることができず、みんなぼんやりとしか生きられないでいる。そんな生ける屍のような人間ばかりが量産されるんです。仮想空間ながらも死を体験すれば、生を見つめ直すことができる。この世に再生して、新たな人生を開いていくことができる。そう考えたんです」

「ふむふむ。わかるよ、わたしすごくわかる」

宇宙人は最上が共感を寄せたので、うれしそうに微笑んだ。

「そのコタール症候群にはこのゲームで死亡した全員がなっているんですか？　これまでに三十二回開催され、三十二人が亡くなったことになっているんですが？」

祐一が答えるべきところだが、最上が勝手に答えた。

「ううん、まだ十三人だって。ええっと、あとから三人追加されたから十六人か。みんながみんな、コタール症候群になるわけじゃないんじゃないかな。人それぞれVR体験への耐性も違うと思うしね」

祐一は宇宙人に向かって挑むように言った。

「あなたの想像を超えた結果になったようですね。VRの死があまりにも現実の死と近かったために、死を体験したユーザーは本当に自分が死んだと思い込むまでになってしまった。刑事罰を問える事案ではありませんが、あなたは他者のサーバーのログ記録を消すなどの違法行為を行っています。これは不正アクセス禁止法違反です。これからこのようなVR内での殺人や自殺幇助《ほうじょ》が現実世界に及ぼす影響も考えて、警察庁の者としては法律の改正にも努めたいと思っています」

公権力により正攻法で相手を震え上がらそうとしたはずだったが、宇宙人はまだ何か考えているようで、すぐには口を開こうとしなかった。

「コタール症候群……」

自分が刑罰に問われることよりも、耳慣れない症状のほうが気になっているらしい。

「あの、ぼくは罪には問われないんですよね？」

犬頭人間のアバターが恐る恐る尋ねてきた。その隣の方では金髪美女も不安げな面持ちで答えを待っている。

「ええ、大丈夫です。ですが、これからはもっと健全なゲームを選びましょう」

宇宙人が何かを言いかけようとしたとき、どこか遠くから予想もしていなかった女の怒鳴り声が聞こえた。

「こらぁ、タカシ！　いつまでゲームやってるの！　勉強もしないで！　だから、留年するんでしょうが！」

「ヤベっ」

宇宙人のアバターが消えた。

祐一はゴーグルを外すと、現実世界の会議室の灯りに目をしばたたいた。

ＶＲの世界は現実と何一つ変わらないほどの完成度、再現度だった。それ以上の臨場感、没頭感だったのだ。

ゴーグル一つで、現実のすぐそばにあるＶＲの世界に移行することができる体験は驚きでしかなかった。

最上もゴーグルを外したところだった。

「はぁー、なかなかスリル満点のロシアンルーレットだったなぁ」

「最上博士！　どうしてもっと早くストップしてくれなかったんですか？」

森生が半泣きになりながら怒った。

「絶対面白がってましたよね。おれ、もう少しで失神するところでした」

「ごめんごめん。森生を骨の髄まで怖がらせてしまって……。でもね、わたしは絶対に最初の犬のクロチンも森生も実弾を引かないってわかっていたから。だって、ウロボロス君はお客さんに本当の恐怖に直面して、本当の死を体験してもらいたかったわけでしょう。だったら、絶対に六人中の五番目までは空砲にすると思うもん。五番目まで回れば、実弾を引いて死ぬのはその五番目か六番目なわけだしね。最後に残された二人のほうが一番怖いもん」

「な、なるほど……」

森生は単純なのか、それで納得したようだ。

「ゲーム作製者の名前はタカシっていうんだな。かあちゃんに怒られてた」

長谷部が椅子の上で笑っていた。

「ＩＰアドレスもつかんだし、名前や住所までわかるんだよな？」

後半は玲音に尋ねていた。

「はい、わかります。ＩＰアドレスがわかれば、ユーザーが契約しているプロバイダーがわかるんで、プロバイダーに発信者情報の開示請求をします」

「すぐに進めてください。何歳かわかりませんが、まだ学生のようです。きっちりと油を絞ったほうがいいでしょう」

「そうだな。二度とこんな危険なゲームをやらせないようにしないと」

祐一も長谷部もこの事案はすぐに解決することを疑っていなかったので、ほっとしていた。

ただ最上だけが、何か納得できないような顔をしていた。

5

玉置と森生は千葉市にある古民家にやってきた。築半世紀は経っているのではないかというほど古めかしく、人が住んでいるのかどうかも怪しいくらいだった。代々受け継がれた家に改築もせず、ずっと住み続けているのだろうか。

宇宙人のアバターが去り際に、母親と思われる人物の声が入ったので、ゲームの作製者は「タカシ」という名の男性かと思われた。最近では高齢の母親と同居している中年の独身男性もいるし、中年の学生というのもありうるので、作製者の年齢までは推測できない。

表札を見ると、「桜井《さくらい》」とあった。ゲーム作製者は「桜井タカシ」か。

インターフォンのようなものはなかった。ベルを鳴らすと、十分以上待たされてから、いきなりドアが開いた。

戸口に現れたのは、御年八十歳は越えるだろう、顔中しわだらけのお婆さんだった。予想とは裏腹に、タカシは相当の年齢なのだろうか。

玉置は警察手帳を見せたが、老婆は「最近ものが見えないんだよね」と見もしなかった。

玉置は丁寧な口調で尋ねた。

「お婆さん、息子さんはいますか？」

「はい？」

お婆さんは左耳に手をあてがった。

「息子さん！　います？」

「あー、息子ね。息子がどうかした？」

「いま一緒に住んでますか？」

「とんでもない。息子はわたしより先に死にましたよ。もう十五年も前のことでね。親より早く逝くなんて親不孝者でしょう。わたしが長く生きすぎたのかもね。わたし、いくつに見える？」

やりとりの末に、「若く見えますね」と言われたいようだった。

玉置と森生はちらりと顔を見合わせた。

「ええっと、いくつかなぁ……。あの、息子さんの名前はタカシさんですか？」

「え？　息子は蒼太《そうた》ですよ。くさかんむりの〝蒼〟に〝太い〟と書いて蒼太」

「お婆さん、家にパソコンある？」

とたんに、お婆さんの顔がぱっと明るくなった。

「ええ、ありますよ。三ヶ月前にボケ防止のために買ったのね。いま高校時代の友達に手紙を書こうとしているんだけど、よくわからないことがあって……。そうだ、お兄さんたち、ちょうどよかったわ。パソコンを教えてくれないかしら。ちょっとだけだから。そうだ、ご近所の奥平《おくだいら》さんにいただいたおいしいクッキーがあるから、紅茶を淹《い》れてみんなで食べましょうよ」

「え、いいんですか？　それではお言葉に甘えて」

「食いつくの早ぇよ」

玉置が止める間もなく、森生は靴脱ぎ場に足を踏み入れ、靴まで脱ぎにかかっていた。

「やっぱり。お婆ちゃんのパソコン、乗っ取られてました」

玉置らと連絡を取り合い、いくつかの指示を出して、桜井《さくらい》ヨネさんのパソコンのログ履歴を調べさせると、玲音はそう結論を下した。

「つまり、ゲームの作製者は自分のパソコンからこのお婆ちゃんのパソコンをハッキングして、お婆ちゃんのパソコン経由でロシアンルーレットのゲームに参加していたんです」

長谷部は盛大なため息をついた。

「何だよー。面倒くさいことしやがって。これだから知能犯は嫌なんだよ。それで、ゲーム作製者のパソコンまでたどれるのか？」

玲音は冷静な表情を崩さない。

「はい。母親だか誰だかに呼ばれたんで、あわてたんでしょうね。ログ記録を消し損ねていて、ばっちり残っています。そこに表記されているＩＰアドレスをたどれば、今度こそ作製者にたどり着くはずです」

「わかった。またタマやんと森生に行かせよう」

玲音はそれから再びプロバイダー会社に連絡を取り、必要な手続きを経て、新たにつかんだＩＰアドレスから個人を特定する作業に移った。

昼食に出かけていた最上が肩で風を切るようにして戻ってきた。

「ねえ、いままでの人生でさ、ゴーフルでお腹いっぱいになったことある？　わたしはない。だから、今日という今日はゴーフルだけでお腹いっぱいになってやろうって決めたの。そうしたら、いったいいくらかかったと思う。わたし、びっくりしちゃった。ほら、ゴーフルは経費で落ちるって言うし――」

「言ってませんよ、そんなことは」

すかさず祐一はたしなめたが、最上は聞いていなかった。

「祐一君、捜査の進展はあった？」

「それがＩＰアドレスからたどり着いたパソコンは乗っ取られたものでした。再び乗っ取られたパソコンに残っていたログ記録からゲーム作製者の端末のＩＰアドレスを手に入れたんで、今度こそ突き止められると思います」

「そうだね。次も乗っ取られたパソコンじゃなければいいね」

「そ、そうですね……」

祐一が危惧していたことだ。ゲーム作製者が慎重ならば慎重なほど、いくつものパソコンを乗っ取って中継地点のように使っている可能性がある。

最上は意外なことを言った。

「でもさ、ＩＰアドレスだけじゃなくて、別のルートからもゲームの作製者をたどる必要があると思うんだよね」

「別のルート？」

宇宙人のアバターは自らが何者かを示す証拠を残さなかった。一点、「タカシ」という下の名前を除いては。タカシが地理的にどこに居住しているのか、どういう人間関係を持っているのか、彼を特定するすべは、現段階ではないように思えるが――。

「ウロボロス君がコタール症候群っていう病にめっちゃ興味を示していたこと、覚えてないの？　ウロボロス君は自分のゲームで死を体験したユーザーがコタール症候群になるなんて、想像もしてなかったんだよ。だから、わたしにコタール症候群のことを聞いてきたの」

長谷部が思い出しようにうなずく。

「あいつは確かに興味を持ったようだったな。ていうか、あいつは本当に、現代人が死を見つめなおしたり、再生するためにあんなゲームを開発したのかね」

「犯人の言葉をそのまま鵜呑みにするの？　浅いね」

「な」

「ウロボロス君がなぜコタール症候群なんて奇病に興味を持ったのか。そもそも、なぜウロボロス君がＶＲの世界でリアルなロシアンルーレットなんてゲームを生み出したのか。ちょっと考えてみてよ」

長谷部は挑戦を受け、考え込んでうなっていた。

祐一は、森生が事前にアンケートに答えていたのを見ていた。あのアンケートの意図は、死に取り憑かれたユーザーを選別するためのリトマス試験紙だ。

「ウロボロスは死というものに異常なまでの興味を持っていますね」

「そうなの。ウロボロス君は人の死を見たいんだよね。ひょっとしたら、この手で殺してみたいとまで思っているかもしれないよ。宇宙人の表情がずっと無表情だったんだよね。だから、ウロボロス君はサイコパスかもしれないなぁって思っていたの」

祐一は最上の観察眼に少し驚かされた。

「でも、まだ一線は越えていない。まだ自分で手を下すことはできずにいる。今回、わたしたちに見つかったことで思いとどまればいいけど……」

ウロボロスはコタール症候群という病の存在さえ知らなかった。ゲームの結果は想像を超えたものだったのだ。

犯罪者の身になって考えてみよう。ウロボロスが次にどういう行動に出ようとするか想像できるような気がした。

「最上博士、ウロボロスが自分のゲームで生み出したコタール症候群の患者に会いに行こうとする可能性はないでしょうか？」

最上がこくりとうなずいた。

「うん、そうだね。それは十分にありうることだよね」

「長谷部さん、新しく見つかったコタール症候群の患者の情報をください」

長谷部がノートパソコンを開いた。

「富田里奈《とみたりな》、十七歳、住所は葛飾区柴又だ」
「いますぐ会いに行きましょう」

6

十六人目の〝死者〟であり、ユーザーネーム〈りな〉こと、富田里奈の居所を突き止める作業は簡単だった。ゲームの運営会社の管理者権限を乗っ取り、スーパーユーザーになれば、ロシアンルーレットゲームにアクセスしていた各ユーザーのＩＰアドレスをつかむことはたやすいことだった。

芹沢隆《せりざわたかし》は、引き金を絞る前の里奈の様子をいまもありありと思い浮かべることができる。生まれたての子羊のようにぶるぶると震えて、涙と鼻水に濡れていた。仮想世界であんなにもリアルに死を体験できる里奈をうらやましく思ったほどだ。

リアルに死を体験したユーザーがコタール症候群という奇病にかかるとは夢にも思わなかった。ＶＲでリアルな死を体験した彼らが、現実世界でどんな人生を歩んでいくのか、もっと早くに興味を持つべきだった。

アパートの前の通りで待ち構えていると、富田里奈が外出先から戻ってきた。元の状態の里奈を知らないが、ずいぶんと青白くやつれた顔をしている。医者にでも行っていたのか、右手には薬局からもらったものだろう、薬の入ったビニール袋を持っていた。

里奈の部屋に明かりが灯《とも》るのを待ってから、隆は玄関のインターフォンを鳴らした。

里奈がおびえたようなか細い声で言った。

「あの、どちら様ですか？」

「芹沢隆です。初めまして……。いや、実は初めましてでもないんです。ぼくたちは一度会っているんです。仮想空間ですけどね。あらためまして、わたしはウロボロスです」

里奈の顔に恐怖が走った。喉がつかえたかのように、言葉が出てこない。

「里奈さん、ゲームで負けて仮想世界だけど、死を体験しましたよね。その後、どんな感じかと思いまして。人生観が変わったりしましたか？」

「い、いえ……」

里奈はうつむいた。

「精神的な疾患を抱えたりなどしていませんか？」

「実は、わたしは死んでしまったんです」

隆は驚きに目を見張って里奈を見つめた。コタール症候群については調べてきていたが、本当に患者が自分は死んだと思い込んでいるとは新鮮な驚きだった。

「ちょっと部屋の中に入れてくれませんか？　どうもすみません。あなたはいま、こうしてわたしと話をしていますよね。死んでいるとはどういうことなんですか？」

隆はほとんど強引に部屋に上がり込んだ。里奈は抵抗することもできなかったし、抵抗したところで無駄だった。

「死んでいるというのは言葉どおりの意味なんです」

まったく理解不能だが、問い詰めたところで得るものは少ない気がした。

「そうですか。質問なんですが、痛みは感じますか？」

「痛み？」

「ええ、たとえば、いまナイフで指先を切ってみたとして、痛みを感じることはできますか？」

里奈は目を丸くして固まった。そんなことは考えたことがないようだった。

「わかりません。考えたこともありません。死んでいることと比べたら、たいしたことじゃない気がします」

「そうですか。それじゃ、ちょっとやってみましょうか」

驚いてどう反応してよいかわからずにいる里奈をよそに、隆は用意していたサバイバルナイフを抜いた。刃渡り二十センチ近いナイフは無条件に恐怖を引き起こす。里奈はのけ反ったが、隆は里奈の左腕をつかんだ。指先より、白く細い手首のほうに引き付けられた。

「それじゃ、手首を切ってみましょう」

深刻な事態だが、隆は自分でも驚くほど軽い調子でそう言っていた。

自分がサイコパスであることは自覚があった。また死に対して異常なほどに興味を抱いていることも。仮想空間で人の死を目にすれば、暗い欲求を消去できるかと思っていたが、餌を与えているかのように、ますますそれはふくれ上がるのだった。

隆がナイフを構えると、意外なことに里奈は抵抗しなかった。

こくりとうなずいた。

ロシアンルーレットのゲームに参加するようなユーザーは多かれ少なかれ死に取り憑かれた者たちだ。自殺願望を持っている者もいれば、隆のように他人の死のほうに関心のある者もいる。

心臓を刺してみたいという強い欲求を抑えながら、里奈の左手首の上に軽くナイフの刃をあてがった。

すっと引く。

赤い血がにじみ、しずくになって流れ落ちる。

「痛いですか？」

里奈は小首をひねったが、身体が震えており、その目にはおびえの色がありありとあった。

「わかりません」

「じゃあ、今度は首を切ってみましょう」

里奈が身を強張らせた。

「あの……、でも、死にませんよ。もう死んでるんですから」

「ええ、でも、ここでもう一度首を切ってみたら、どうなるのか試してみましょう」

ナイフの柄を握り直し、里奈の首に狙いを定めたときだった。

玄関のドアが荒々しく開いた。

「動くな！　警察だ！」

長谷部は拳銃を前に両手で構え、土足で部屋に上がり込んだ。

隆が振り返って驚き、次の反応を取れずにいる間に、長谷部は彼の首をつかんで、床の上に組み伏せた。

「おまえを殺人未遂の現行犯で逮捕する」

祐一は放心している富田里奈の肩を揺すった。

「大丈夫ですか？　もう心配ありません」

里奈は祐一の顔を見るや、ほっとしたのか、わっと泣き出した。

長谷部が後ろ手にして隆に手錠をかけて立ち上がらせた。外へ出ると、最上博士が待ち構えていた。隆と目が合うと、二人は瞬時に互いが誰かを理解したようだった。

「ウロボロス君、現代において死はね、必要があって隠されたんだよ」

隆は怒りを爆発させた。

「何のためにだ、教えてみろ！」

「〝怪物と戦う者は、その過程で自分自身もまた怪物にならないように、気をつけなければならない。深淵《しんえん》を覗く者は、深淵もまた覗いているかもしれない〟」

「……どういうことだ？」

「だからね、世界は光と闇でできているけれども、闇ばかりを見つめてはいけないっていうこと。闇に取り憑かれてしまうから。闇はね、死はね、悪はね、それがあることはみんな知っているけれども、いつでもどこでも目に触れられてはいけない。きみのような人間を出さないために。人類の社会が総体として、温和で平和な方向へと進化していくためには、それが必要なの」

最上は言うだけ言うとすっきりした顔をして、「小腹が空いたからラーメンを食べます」と、タクシーを拾いどこかへと消えていった。

祐一は所轄の警察官を呼んで、隆を連行させた。

「一件落着だな」

長谷部も晴れ晴れとした顔をしていた。

捜査本部へ戻ろうとしたところにスマホが鳴り、応答しようとした長谷部が顔をしかめた。

「森生だ。ヤバい。知らせるのを忘れてた」

玉置と森生は先日たどり着いた桜井ヨネさんのパソコンのログ記録から、パソコンを乗っ取ったと思われる人物を突き止め、その住居を訪ねて行っていたのだ。

犯人は捕まえたのだから、そっちはまた空振りしているはずである。

長谷部は祐一にも聞こえるようスピーカーボタンを押した。

とたんに森生の声が聞こえてきた。

——いやー、実はまたお婆ちゃんなんですよ。吉田《よしだ》ふねさん、御年八十七歳。ええ、そうです。また乗っ取りです。で、いまお婆ちゃんの若いころのアルバム見せられてるんですよ。お婆ちゃんが小学校のころに戦争が始まったとかで——。

「あの、森生な。実は——」

——ふねさん、玉置先輩が死んだご主人の若いころに似てるとかで、めっちゃ先輩にだけ話しかけてるんですよ。いま目の前で、二人の顔の距離近いです！　それで、悲しいことに、おれ、ちょっと嫉妬《しっと》してるんですよ。聞いてますか、係長？

祐一は長谷部に冷たく言い放った。

「切りましょうか」

「そうだな」

まだ森生はしゃべっていたが、長谷部はかまわずに通話を切った。

7

翌日、祐一は早めに仕事を切り上げると、最上博士が根城にしている赤坂にある〈サンジェルマン・ホテル〉へ向かった。

同ホテルの二階にある大人の雰囲気の漂うラウンジが、最上のお気に入りのようで、昼間ラーメンとスイーツでお腹を満たすと、このラウンジの止まり木に寄って、休憩と腹ごなしをかねてアルコールを嗜《たしな》むことを楽しみにしているらしい。

時刻は六時を少し過ぎたばかりで、空はまだ昼間のように明るかった。こんなうちからホテルのラウンジでお酒を飲む客はほとんどおらず、カウンター席に座る小柄な女性ただ一人だけだった。おまけに、その女性はバーテンダーと何やらもめているようだった。

もちろん、最上友紀子博士である。

「だから、わたしはこれまでにもこの止まり木につかまりながら、何度もバーボンをロックで味わってきたって言ってるじゃないの」

黒い髪を後ろになでつけた若いバーテンダーが、困った様子でそれに応じている。

「お客様、年齢を確認できるものはお持ちでしょうか？」

「わたしってば、運転が得意ではないから、免許証は去年焚き火にくべて燃やしてしまったし、海外に行くとは思わないから、パスポートは八丈島の自宅に置いてきてしまったの。日ごろから健康には気をつけてるから、保険証も持ってないし……」

「だから、未成年ですよね？」

「違うってば。この自然と醸し出されるアダルトかつコケティッシュな色香がわからないの？」

祐一はあわてて、止まり木へ詰め寄ると、警察手帳をバーテンに見せた。

「すみません。この方は成人されています」

祐一は最上の隣のストールに腰を下ろした。

「こんばんは、最上博士」

「こんばんは、祐一君。ここのバーテンがころころ変わるもんだから、わたしは毎回未成年ではないことを証明しなくてはならなくって、もう大変よ」

「素直にIDカードをお持ちになったらいいだけです」

「たとえICチップが搭載されていようとも、あんなカード一つでわたしのことを知ったふうになるなんて腹が立つじゃない」

最上は怒っているようだった。

先ほどのバーテンがバーボンとスタウトを運んできた。祐一と最上はグラスを〝乾杯〟と合わせた。

祐一は喉が渇いたので半分ほどグラスを飲んだ。最上はまずグラスから立ち昇る香りを嗅ぎ、バーボンをちびりと口に含んだ。

「コクとキレがあるね」

最上に話しかけられたバーテンは丁寧に頭を下げた。

「ありがとうございます」

「今回も最上博士の卓見《たっけん》ゆえに、無事事件が解決となりました。感謝しております。博士は科学的な知識があるだけでなく、人間を見る目にも確かなものがおありなんですね。犯人の芹沢隆がサイコパスであると見抜き、自分のゲームが生んだコタール症候群の患者に会いに行くだろうと推測するところなんて、名探偵のようでしたよ」

「ふふ。やめてよ、祐一君。このわたしを褒め殺しにしようとしても、何も出ませんよーだ」

聞こえるか聞こえないか、蚊の鳴くような声がささやいていた。

「まあ、キスぐらいならしてあげてもいいけど。まあ、キスぐらいなら……」

祐一は最上に聞きたいことがあったのだ。

「昨日、芹沢隆に人生における光と闇の話をされていましたね。人間は闇を見つめすぎると、闇に魅せられてしまうと……。最上博士は性悪説のほうを信じていらっしゃるんですか？」

「祐一君ね、性悪説を信じるかって？　とんでもない。人間の根幹は悪だよ。知らないの？」

「人間の根幹は悪、とはどういうことですか？」

あまりにも悲観的なせりふに祐一は驚いて聞き返した。

「言葉どおりの意味だよ。お寿司のシャリの部分が悪で、トロとかアワビとかのネタの部分が善って感じ」

「ちょっとわかりません」

「ええっと、人間だけじゃない。生きとし生けるものたちはすべて根幹は悪と言っていいのよ。だってね、ちょっと考えてみてよ。生きるっていうことは、物理的に自由領域を広げることなんだよ。なにものも点では生きられないでしょう。点とは数学的に面積はないからね。生き物はみんな物理的な空間に生きているでしょう。

ものすごく狭い島をイメージしてみて。そこに人が一人でいるうちはいいよ。でも、二人いたら、一人がもう一人の物理的空間を侵すことになるよね。人が自由に生きたいと自由の翼を広げたとき、その翼の先は誰かの鼻先をかすめるんだよ。自由には必然的に争いが付きまとうんだよ」

祐一はかぶりを振った。

「最上博士は孤独を愛しすぎましたね。あまりにも悲観的すぎます。人と人は争うこともできれば、支え合うこともできるんですよ」

「ふふ。わたしに人という字の講釈でもするつもり？　そうだね、人は支え合わなければ、平和な世の中を実現できないよね。でも、人を支えることのできる人は好条件がそろっている人だよ。多くの人たちはそうじゃない。なぜなら、人間の根幹は悪だから。自分が生きることに必死だから」

「確かに、全人類が好条件をそろえることはなかなか難しいでしょうね」

祐一もそこは認めた。人間が地上に誕生した当初から争いを好む生き物だったことは歴史が証明している。その本性をいまなお失っていない。人は戦争を放棄していないし、世界の半分は不穏な空気に包まれている。

「では、どうしたらいいんでしょうね？」

「光を強くすることだね。少しでも闇を追い払えるようにね」

「光とは？」

最上はふっと笑うと、バーボンを飲み干した。

「祐一君は光に包まれた生活を送っているはずだよ。その恵まれた事実をもっと自覚しないとね」

なるほど、祐一は納得がいった。

光とは愛だ。

愛する人を失ったことは光を失うことを意味しない。一度光に包まれたものは記憶の中にある限り、ずっと光に包まれ続けるのかもしれない。

第三章　凝固する血

1

「〝星来〟って声がしたの。ママだった。何度も写真で見たママだよ」

星来は興奮した口調で何度も繰り返した。母の聡子と祐一に信じてもらいたい一心だ。

「困ったものね。どうしたのかしら」

母は心配そうに眉根を寄せた。星来が幼児期特有の嘘をついていると思い込んでおり、その対処の仕方に悩んでいるようだった。

祐一は星来の話が真実である可能性を考えていた。電車内で見た亜美に似た女性は本物の亜美だったかもしれない、と。

トランスブレインズ社に連絡するにはずいぶんと勇気が必要だった。ライブ中継されている映像が使い回しである点についても触れたが、対応に出たスタッフは「ありえない」と一蹴《いっしゅう》した。

「冷凍した生体を元通りに解凍する技術はまだ確立されていません」

驚くほど冷たく、そう言い放たれた。毎年高い保管料を支払っている客に対して、あまりにもサービス精神を欠いた対応である。

トランスブレインズ社とボディハッカー協会の関係性についても知りたいところだったが、一スタッフがわかっているとは思えず、あえて聞かなかった。

電話を切ると、祐一は肩を落とした。

——亜美がよみがえったはずがない。

自分でも不思議なことに、どこかほっとしてもいた。あれほど亜美が生き返ることを夢見ていたにもかかわらず、いつのころからか、復活を恐れる気持ちが心の中に芽生え始めていた。

死者を永遠の眠りから呼び覚まし、この世に呼び戻す行為は罪深いことか。

——科学はね、人の夢を叶えてくれるけど、良心を失えば、悪夢にもなってしまうんだよ。

最上がいつか言った言葉が耳に残っていた。

ユートピアを夢見ながらも、良心がなければ、科学はディストピアをもたらすだろう。


あれほど熱心にしていた亜美探しをしなくなり、朝一時間早く起きることもなく、小比類巻祐一は日々、警察庁にあるオフィスで島崎博也課長の補佐として、最新の科学捜査および科学の絡む事案捜査のための予算関係業務をこなしていた。部下を育てる意味でも他の仕事を回すようにして、祐一はできるだけＳＣＩＳ案件に集中することにした。

その日も呼び出しがあって課長室を訪ねた。

島崎が来客者用のソファに座るよう手で示した。

「まあ、そこに座ってくれ」

相対する形で腰を下ろすと、島崎は〈極秘〉と印字されたファイルを寄越した。ざっと目を通しながら、祐一は島崎の話に耳を傾けた。

「六月二十八日、板橋区在住の木村花江《きむらはなえ》、二十五歳が、帝都大学付属病院で治療中に死亡した。死因は急性肺血栓塞栓症《はいけっせんそくせんしょう》。木村花江は同じ病院でがん治療の最中で、その矢先に死亡したらしい」

急性肺血栓塞栓症という病名に聞き覚えはなかったが、祐一は字面《じづら》からイメージしようとした。

「……血栓ですか？」

「そう、血栓」

「血栓というと、血液の中に異物ができてそれが栓をするという……？」

「そう……じゃない？　それ以上聞くなよ。おれは理系じゃないんだから」

祐一は文章だけではまるで理解できない資料にあらためて目を通した。医学的な知識は皆無だが、死因が特定されているのならば、この案件の何が特殊なケースなのだろう。警察が介入するべき事案とも思えないが。

「なるほど。患者はがん治療中だったんですよね。医学的なことはよくわかりませんが、がん治療と血栓の病気との間に相関関係があるってことでしょうか？」

「おれも医者じゃないんでまったくわからん。あのな、実を言うと、この半年の間に帝都大学付属病院では、がん治療中の患者が死亡する案件が七件も起きてるんだ」

「半年で七件……。それは多いですね。まさか死亡した患者はすべてその急性肺血栓塞栓症なんですか？」

「ああ。死亡診断書上では、だがね」

島崎は意味深な言い方をした。

「実際はそうではないということですか？」

「解剖を担当した医師は、がん治療を行っていた医師とは別の救命センターの外科医なんだが、急性肺血栓塞栓症とは似て非なるもので、見たことのない病変だったと言っている。それでこっそりと警察に通報したというわけだ。それが巡り巡ってうちのところまで上がってきたと、そういうわけなんだ」

祐一もいつしか自分の顔が強張《こわば》ってくるのを感じた。これは現場の医師による密告だ。病院内で問題にしようとしても、隠蔽される恐れがあると危惧して警察に介入を求めたわけだ。

「幸いにも、患者の遺族たちは医療過誤を疑っていない。みな重病患者だったから来るべき時が来たのだと思っている。で、この案件もまた極秘に捜査を進めてもらいたい。帝都大学病院の案件だから慎重を期してほしい。いまあそこは、いろいろと大変な状況にあるからな」

帝都大学医学部付属病院は、国からの運営交付金や補助金の額など、他のどの大学の付属病院とも国の扱いが違う別格の病院であるが、にもかかわらず、経営は思わしくないどころか、大幅赤字が続いている状況である。市中病院とは違い大学病院は研究や学生教育も行っているため、おカネがかかるということもあるが、理由は単純明快で、患者が来ないからだ。医師不足などと言われているが、医師が特定地域に偏在しているからで、病院数は大幅に過剰の状態にあり、現在の半分以下で足りるという話もある。

島崎が話を続ける。

「大学病院はかつては高度な専門医療を試みる場でもあったが、現在では熟練した腕を持つ医師たちを擁《よう》する専門病院にはかなわなくなってしまったからな。総合百貨店が大型専門店に顧客を奪われたのと似ている。

とはいえ、財政破綻《はたん》してるからといって、最高学府の付属病院をつぶすなんて、国の威信にかかわるだろ。日本の教育と医療は途上国並みか！　ってことになる。このまま年に何十億円もの赤字を垂れ流しさせるわけにもいかないから、いま帝都病院は必死に巻き返しを図ろうと、最先端医療の研究と実施に傾注しているんだ」

「それは、すばらしい試みだと思いますが……」

「それがだよ、どうやら、この死亡したがん患者たちはみな、そんな最先端の医療を受けた方々なんだ。これが原因で死亡しましたなんてことが明るみになってみろ、最大級の医療事故だぞ。もう帝大病院なくなっちゃうだろ？」

祐一もようやく事態の深刻さがわかってきた。

「大学病院側は、まだこの案件を把握していないんですね？」

「担当医はしているだろうが、表沙汰にする気はないだろうな」

「もちろん厚生労働省はまだ事態を把握していない？」

「もちろん！」

島崎は強い口調で忌々《いまいま》しげに言った。

「厚労省が介入してきたら、捜査そのものができなくなる。事件ならば事件として捜査しなければならない。そして、病巣を取り除く、ということだ。まあ、おれは帝大病院がなくなろうがどうでもいいんだが、おまえも知ってのとおり、この日本の上層には帝大閥《ばつ》ってもんがあって、おれもおまえも帝大卒のキャリアの一人として、帝大の名に傷が付かないよう奮闘しなくてはいけない。これ、前も言ったけどな。だから、またＳＣＩＳのチームを動かしてくれないか」

「承知しました」

祐一は頭を下げて一礼したが、内心で、帝大の名を守るためにＳＣＩＳを動かすのではない、あくまで科学的な技術の絡んだ事件を解明するため、自分は捜査をするのだと自分自身を戒めた。


翌日の夜七時四十分、祐一と長谷部が竹芝桟橋の客船ターミナルで待っていると、春めいた花柄のワンピースを着た最上博士がデッキに現れ、無邪気に手を振った。その日の最上は少し大人びた女性の雰囲気をまとっていた。

祐一は小さく手を上げて返した。

最上友紀子はガラガラと例のピンク色のキャリーバッグを引きながら、祐一のところへとやってきた。

「二人ともおっつー。その前に赤坂に寄ってくれない？〈とらや〉で羊羹を買いたいの。ほら、わたしってば、一週間に一度は羊羹を補給しないと、仕事に支障を来《きた》すタイプだから」

「そんなタイプいるの？」

「寡聞《かぶん》にして聞きませんがね」

長谷部と祐一は互いに小首をかしげると、それぞれ運転席と助手席に収まった。

青山通りにあるお店に寄り、最上は後部座席を独占して羊羹に直《じか》にかぶりつきながら、例の極秘ファイルに目を通した。

「ふーん、興味深いなぁ。寝ている間に、急性肺血栓塞栓症かぁ。年齢的にも寝たきりってわけじゃなさそうだし……。あ、羊羹の食べ方知ってる？　よう嚙んで食べるの。ふふ」

くだらないダジャレを聞き流す沈黙が続いた。

「よくお茶も飲まずに羊羹が食えるな」

長谷部がちらりとバックミラーを見て、げんなりとした顔をした。

「まあその分、よう嚙んで食べてるからね」

再びの沈黙は、最上への抗議だとそろそろわかったことだろう。

祐一は真面目に口を開いた。

「博士、急性肺血栓塞栓症をご存知ですか？　事前に調べてくるべきだったんですが、医学的な知識は調べてもわからないかと思いまして……。いえ、言い訳です。最上博士に聞けばいいと思っていました」

「簡単に言えば、エコノミー症候群のこと。ほら、飛行機のエコノミークラスの席で長いこと座ったままでいると、足の血流が悪くなるでしょう。そうすると、血管の中に血栓っていう血の塊ができることがあるの。この血栓が血液の流れに乗って肺に入ると、肺の動脈を塞いじゃうのね。これがエコノミークラス症候群なの。急に呼吸困難に陥ったり、ショック状態になって、最悪の場合は死んじゃったりするんだ」

「なるほど。おかしいですね。死亡した木村さんは狭いところに長時間いたということはないようですし、エコノミー症候群を引き起こす要因があったようには思えないんですが」

「そう。だから、不可解なの。これもまた、最新の科学技術に絡んだ事件の臭いがするなぁ」

最上は羊羹で頬を膨らませながら夢見るように言った。

東京都監察医務院の地下にある解剖室に到着すると、長谷部の部下である、玉置孝巡査部長、山中森生巡査、奥田玲音巡査らが集まっていた。場所が場所だけに、三人ともに緊張した面持ちである。

祐一は一同にうなずいて見せると、最上博士を伴い厳《おごそ》かな解剖室へ足を踏み入れた。消毒薬と死体の臭いが漂う中に、白衣を着た監察医の柴山美佳《しばやまみか》医師が待ち構えていた。顔にアクリルのフルフェイスマスクをつけているが、その異彩は隠しようがない。一七五センチの長身に、金に染めた髪はサイドをツーブロックにし、両耳には銀《シルバー》のピアスがいくつも光っている。大きく開いた胸元にはサソリのタトゥーが覗いている。

一同は白い木綿のマスクを渡され、それぞれ鼻と口元を覆った。

祐一は厳粛な気持ちになりながら、若い女性の横たわる解剖台に近づき、哀悼の意を込めて手を合わせた。女性はすでに行政解剖され、胸から腹部にかけてY字型の切開の痕があり、太い糸によって縫合されていた。

「それじゃ、ちゃっちゃと捌《さば》いていきますねー」

柴山医師はいつものように砕けた口調で言うと、一同の心構えを確認することもなく、トレイの上に載った大きなニッパーをつかみ、Y字切開を縫合した糸を一本ずつパチンパチンと音を立てて切断していった。左右の鎖骨の下から胸の真ん中で交わり、そこから下腹部へと切開の痕がYの字に続いていく。

すべての糸を切り終えると、柴山は強張った皮膚をめくり、胸の真ん中にある胸骨とそこにつながる何本もの肋骨を露出させた。

祐一は息が止まりそうになった。人の解剖を見るのは人生で二度目だ。一度目はつい最近で、SCISの最初の事案のときである。祐一にはグロテスクなものへの耐性がない。帝都大学理工学部時代はといえば、卒業研究で分子生物学をメインに、細胞膜における膜タンパク質の研究をしていたので、取り扱う対象はもっぱら目に見えないミクロのものばかり。解剖などはマウスやカエルを数匹開いてみたくらいである。

柴山医師はニッパーをくるりと手の中で回転させもてあそぶと、鮮やかな手捌きで胸骨と肋骨のつなぎ目部分をパチンパチンと切断していった。血は固まっていて流れないとはいえ、マスクをしていても濃厚な内臓の臭いがわかるほどであった。

「これから心臓と肺を取り出していきますねー」

祐一は一瞬目をつぶったが、いけないと思いなおし、目を開いた。柴山のメスが真紅《しんく》の心臓から伸びるいくつもの動脈や静脈を切断していく。ちらりと横を見ると、最上博士は柴山に負けないくらい、好奇心を丸出しにして目を輝かせていた。

「はい、出てきましたよ。このピンク色のが肺で、こっちの赤い塊が心臓です」

柴山は祐一の反応を見て喜んでいるようだった。

祐一は吐き気を何とか堪《こら》えた。後ろに控えた長谷部たちは、誰一人うめき声を上げていない。さすがは捜査一課の刑事たちだ。死体や解剖に慣れているのだろう。最年少の玲音さえ、おとなしくしているではないか。

祐一がちらりと彼らのほうをうかがうと、玉置と森生は少し離れたところでうつむいて、互いの靴の汚れを確認し合っていた。

「森生、おまえ靴ちゃんと磨いてる？　靴は刑事の商売道具だから、毎朝磨かなくちゃ」

「ですね。今日、一〇〇均で靴磨きセット買って帰りますよ」

「一〇〇均に靴磨きセットなんて売ってるか？」

「先輩、最近の一〇〇均の実力見くびらないでくださいよ――」

長谷部はといえば、腕組みをして堂々と目をつぶっていた。

「長谷部さん」

長谷部は、はっとして目を開いた。

「み、見てるよ。見てる」

祐一はかぶりを振った。玲音の姿を探すと、解剖台の向こう側で、台に肘を載せ、あたかも恍惚《こうこつ》としたように死体に見入っていた。祐一の視線にも気づかないほど魅せられている。

祐一は放っておくことにして、再び目の前の解剖に集中した。

柴山医師は左右につながった肺を両手に取り、光に向かってかざして観察しているところだった。

「うわー、これ見て。肺の動脈が広範囲に固まってるよー」

最上が近寄っていき、柴山の手元を覗き込んだ。二人並んで肺に見入っている。

「ほら、見て。心臓もそうだ！　へー、こんなの初めて見る」

「ホントだ。すごいね！」

祐一は後ろからおずおずと声をかけた。

「何かおかしなことでもあるんですか？」

「祐一君、これを見なよ」

最上が手袋をはめた手で赤い心臓をぐいっと差し出してきた。

祐一は背中を反らした。

「解剖台の上に置いていただければ、自分で観察しますので……」

最上が心臓を解剖台の上に置くと、祐一は顔を近づけて観察した。

心臓はこぶし大の大きさで、あちこちから太い動脈と静脈の管が飛び出していた。それらは根元から二、三センチのところで切断されている。普段目にしない人間の臓器が複雑怪奇な形状をしていることに、あらためて驚かされる。

おかしな点は見当たらない、と思った。そもそもリアルに心臓を見たのは初めてで、その違いがわからない。

「さあ……、わたしが見ても何もわかりませんが」

「あのね、心臓と肺のあたりだけ、かちんかちんに固まってるの。ほら」

最上がまた心臓をつかんで、ぐいっと差し出してきた。

「いや、だから、解剖台の上に置いてくれれば、自分で観察しますから」

最上が置いたものを近づいてあらためて見ると、心臓は何だかこちこちとして固そうに感じられた。飲食店の店先に展示されている、出来の悪い食品サンプルのように生々しさがない。切断された動脈と静脈の断面の中を覗くと、赤い蠟のようになった血がこびりついていた。

祐一の後ろから覗いていた長谷部が恐る恐る声を上げた。

「ホントだ。蠟《ろう》細工みたいに固そうだな」

「そうそう。まるでプラスティネーションされちゃったみたいでしょ」

「プラスティネーションとは？」

祐一の疑問に最上が答える。

「プラスティネーションっていうのは、人体の水分と脂肪を合成樹脂に置き換える技術で、死体を腐敗させずに保存することができるの。よく『人体標本展』とかでいろいろなポーズを取った死体が展示されてたりするでしょ。あれ。標本みたいなもんだけど、内臓なんかの臓器もそのまんまなの」

祐一は身体に鳥肌が走るのを感じた。

玲音が興味を示したように素早く立ち上がった。

「それ、聞いたことあります！　中国の大連《だいれん》に人体標本展のための大規模な死体加工工場があったって、少し前にニュースでやってました。加工工場の周辺には刑務所や強制収容所なんかがあって、展示される死体のほとんどが中国人なので、いったいどういうルートで仕入れてきた死体なのか、本人や遺族の許可をちゃんと取っているのか、さまざまな疑惑が取り沙汰されているそうですよ」

長谷部が驚きの目で部下を見た。

「政府に逆らうとプラスティックの塊にされちまうのか……。っていうか、玲音、その手のアンダーグラウンドなネタはやたら詳しいな。いまも解剖中、特等席で見てたしな」

「言いませんでしたっけ？　あたし、死体愛好者《ネクロフィイリア》なんです。だから刑事になったんですもん」

「そっか。聞かなかったことにしとこう」

最上が続けた。

「最近ではペットにプラスティネーションを施して、部屋に飾っている人もいるよ」

「悪趣味だな。ペットを剝製《はくせい》にする気持ちはおれにはわからんな」

長谷部がため息交じりに言った。

わからない？　いや、自分にはわかる。祐一はそう思った。

愛するペットを死んだあとも身近に置きたい気持ちは痛いほどわかる。それが愛する人の場合でも。だが、それはもはや人体ではなく、プラスティックの塊でしかない。どんなに科学が発展しようとプラスティックの塊になってしまった人体がよみがえることはない。プラスティネーションを知っていたとしても、亜美の身体をその技術で保存する選択はしなかっただろう。

生き返り、再び目と目を見つめ合い、互いに言葉を交わせなければ意味がない。それが生者のエゴであることはわかっている。死者は何も望まないのだから。

プラスティネーションが医療的な必要から生じた技術なのか、それとも、恐ろしげな死体を見世物的に扱うエンタテインメント的な需要から生じたものなのかはわからないが、人間の身体を永遠に保存したいという欲求は全人類に共通するものだろう。

若く美しい容貌のまま時を止められたら、と願う者は少なくあるまい。

「祐一君」

最上に名を呼ばれ、祐一は思考を断った。

「……なるほど。では、この遺体の場合も、何者かがプラスティネーションを行ったということですか?」

最上は首を振った。

「それはありえないね。プラスティネーションをするには、遺体を丸ごとホルマリンの溶液や、冷却したアセトンの溶媒に浸したりとか、何段階ものプロセスがあるんだけど、身体の中で心臓と肺の部分だけプラスティネーションにすることはできないと思う」

「それに、これはプラスティックに置き換えられたわけじゃないんじゃない？　簡単に砂みたいにバラバラになっちゃうんだから」

柴山が動脈の管の部分を指でしごくと、砂で出来ているかのように細かく砕けた。

柴山が最上の肩をぽんと叩いた。

「科学調査するんなら、ここの部屋は自由に使ってくれていいよ」

「うん、美佳ちゃん、ありがとう！」

祐一は長谷部らに向かって言った。

「科学的な調査は最上博士に任せて、みなさんは従来どおりの捜査をしてください」

怖気《おじけ》づいていた長谷部、玉置と森生、はしゃいでいた玲音もいまや刑事の顔つきになり、応じるように力強くうなずいた。

2

文京区本郷にある帝都大学と帝都大学付属病院は歩いて五分の距離にある。玉置と森生、玲音の三人は、大学病院のほうで、医師や看護師、職員らから聴取を行うよう長谷部に命じられた。

祐一は最上と長谷部を連れて、大学の研究棟へ向かい、木村花江の主治医だった循環器内科の大久保《おおくぼ》圭子《けいこ》教授の部屋を訪ねた。事前に調べたプロフィールによれば、大久保教授は五十六歳で、開業医をしている夫がいたが、現在は離婚している。子供はいない。

帝都大学病院近くの研究棟のほうに大久保教授の研究室があるということで、訪ねた。広々とした部屋にいくつものデスクの島があり、理工学部卒の祐一にも馴染みのある機器から、用途不明のものまでさまざまな機器が並んでいた。助手らしき若い男女が数人、沈黙の中で何やら作業している。

「失礼します。大久保教授はいらっしゃいますか？」

祐一が呼びかけると、部屋の奥から白衣姿の小柄な女性がやってきた。

大久保圭子は、艶《あで》やかなショートボブに、黒縁の眼鏡をかけ、小柄かつ小太りな体形で、白衣の下に派手な柄物のワンピースを着ていた。美意識とインテリジェンスともに高く、帝都大学医学部教授の肩書を持つにふさわしい、自信にあふれた大きな目が印象的だった。

穏やかな雰囲気も束の間だった。祐一が警察庁の者だと名乗るや、大久保は笑顔を引っ込め、憤然とした面貌になった。

「警察？　何だって警察が介入してきたんですか？　どなたかご遺族が刑事告訴でもされたんですか？　言っておきますが、わたしの医療行為には一切ミスはありませんよ！」

祐一は表向き恐縮した口調で応じた。

「ご遺族からの刑事告訴などはありませんが、われわれは通常の捜査とは違って、内々に調査を行っているだけです」

医療過誤に対して、警察は被害者側の告訴を受けなくとも捜査をすることは可能であるが、通常の捜査ではないので、教授の機嫌を損ねるのは得策ではない。

大久保は憤然とした表情を変えぬまま、部屋の奥に向かって、ぶっきらぼうに「安藤《あんどう》だ。

先生」と声をかけた。現れたのは大久保教授とは対照的に痩せぎすで背の高い、四十代後半ほどの男性だった。白いワイシャツに地味なネクタイを巻いて、その上に着崩れした白衣を着ている。あまりにも地味すぎて、いままでその存在に気づかなかったくらいだ。

大久保は傍らの男を紹介した。

「こちら、安藤淳也《じゅんや》准教授です。わたしの右腕として患者さんの治療のことは全部任せているので、例の件のことでしたら安藤先生に聞いてください。わたしはこれから重要な会議がありますので――」

大久保が逃げ出さんばかりだったので、祐一は「ちょっと待ってください」と呼び止め、長谷部は出口をふさぐように立ちはだかった。

「われわれとしては、ぜひとも責任者である大久保先生からお話をうかがいたく思います」

断固とした口調で祐一が言うと、大久保は口をへの字にして、仕方ないというように肩をすくめた。

「まったくもう……」

「あのぅ、わたしはもう大丈夫ですか？」

安藤が恐る恐るといった口調で尋ねると、大久保は手で追い払うようなしぐさをして、祐一たちに部屋の片隅に置かれたソファに座るよう手で示した。

ローテーブルを挟んで、大久保教授と祐一、最上、長谷部は向かい合って座った。先ほどまでの自信はどこへ行ったのかと思うほど、大久保は両手を膝の上に置いたかと思うと、腕組みをしたり解いたりなどして、すっかり落ち着きをなくしていた。

祐一はそんな大久保をまっすぐに見据えた。

「まず事実確認として、六月二十八日に、こちらの帝大病院でがん治療を受けていた患者の木村花江さんが亡くなりました。その治療の担当は大久保先生だったそうですね。この一年の間に、大久保先生が担当されていたがん患者が七人も亡くなっているとのことで——」

大久保教授は眉を吊り上げると、右手で話をストップするしぐさをした。

「ちょっと。わたしの開発したがん治療が原因で患者が亡くなったみたいな言い方はやめてくださる？　どこの病院でもがん治療中に患者が亡くなることは別にさほどめずらしいことじゃないでしょうに」

「まあ、そうでしょうが、それでも――」

「いいですか。抗がん剤は劇薬で副作用もありますし、放射線治療だって被曝《ひばく》するわけですからね、患者さんの身体は甚大なダメージを受けますよ。がん患者さんの中には、がんそのものではなく、がん治療の副作用のほうに身体が負けてしまって亡くなる方も少なくないんですから、うちなんて全然少ないほうです！」

「いやしかし、教授、半年間で七人亡くなるというのはけっして無視できない数字だと思いますが」

大久保はすでに怒っていたが、今度こそ激昂《げきこう》した。

「ちょっと！　専門家でもないあなたに何がわかるっていうんですか。あのねぇ、わたしが開発した〈ナノボット・デリバリーシステム〉という治療法は、ナノテクノロジーを利用した世界でも最先端の治療法で、国からも大きな予算がついて、これからのがん治療の世界をリードしていく革新的な治療法なんですよ。

この発明がこれから日本で、いや世界でどれほど多くの生命を救うことになるか想像してみてください。亡くなった方々は確かに不幸だったかもしれませんよ。でも、そういった尊い犠牲の上に明日の医療は築かれていくものなんです。向こう二、三年をめどに厚生労働省の認可を取り付けるべく、みんな一丸となって頑張っているんです。そんな大事な時期にケチをつけて、足を引っ張ろうっていうんですか⁉」

「いえ、ケチをつけるだとか足を引っ張ろうだとか、そんな気は毛頭なく、ただわれわれとしては、患者さんが死亡された原因を究明したいと――」

大久保はまた祐一の話をさえぎって続けた。

「原因の究明はわたしたちのほうでも行っていますので、医療の知識もない警察の方々に助けていただかなくとも結構です。確かに、ナノボット・デリバリーシステムはまだ完全なものとは言いがたいですが、亡くなった原因とは到底思えません」

長谷部がなだめようとしてあわてて割って入った。

「まあまあ、先生、落ち着いてください。それに、われわれは通常の警察の捜査とは違って、極秘裏に動いているスペシャルチームなんですよ。だから、安心してください」

「はあ、スペシャルねぇ……」

大久保はどこら辺がスペシャルなのかと探るように、頼りなさそうに三人を見つめた。

「えー、おっしゃるとおり、われわれは医療の専門家じゃないんで、基本的なことから教えてください。その……何とかテクノロジーを利用したデリバリーサービスというのは、どういうものなんですかね？」

「ちょっと！　ピザのデリバリーサービスじゃないんだから。ナノボット・デリバリーシステムです！　ナノテクノロジーくらいはご存知なんですよね？」

長谷部は恥じ入るように頭の後ろを掻いた。

「ええっと、何かのテクノロジーですかね……」

大久保はあからさまに馬鹿にしたようなため息をついた。説明する気力もなさそうに見えたのか、最上が代わりに説明を始めた。

「あのね、〝ナノ〟は長さの単位で、一ナノメートルは一ミリの一〇〇万分の一の長さのこと。物質を構成する分子くらいの大きさだよ。このナノサイズの物質を取り扱う技術がナノテクノロジーで、ナノテクノロジーで生み出されたナノサイズのロボットのことをナノボットって呼ぶんだよ。ここまで大丈夫？」

「お、おう」

長谷部がうなずくと、最上は饒舌《じょうぜつ》なまま続けた。

「で、ナノボット・デリバリーシステムっていうのは、そのナノボットを血中に送り込んで、体内のがん細胞をピンポイントで狙い撃つシステム……のことだと思うけど、そうですよね？」

大久保は感心したように最上を見つめた。

「ええ、そうです。ちょっとは科学がわかる方のようね。わたしが開発したナノボット・デリバリーシステムを応用すれば――」

最上がその先を引き取った。

「以前の抗がん剤は、正常な身体の細胞も攻撃しちゃうんで、大久保先生も言ってたけど副作用がひどかったのね。そこで、ナノボットを利用して、がん細胞だけを狙い撃ちすれば、副作用を大幅にカットできるってわけ」

大久保が大きくうなずいた。

「そ、そういうことよ……。だからね、これはインサイドボディ・クリニック構想って呼んでるんだけど、ゆくゆくはナノボットが――」

「ナノボットに知能を与えれば、ナノボットが体内の異常を検知して、診断と治療を行うなんてことができるなんて、そんな未来が来るかもしれないんだよ――」

「ちょっと！　わたしがしゃべってるんでしょうが！」

大久保が再び激昂して、テーブルをこぶしで叩き、いちいち割って入る最上をにらんだ。

「いま、わたしが聞かれて話をしてるんでしょうが！　わたしが開発したシステムをわたしが解説してるんだから、あなたたちは聞く立場でしょうが！」

最上の代わりに祐一が謝った。

「誠に失礼いたしました。ナノテクノロジーは最上博士のご専門でもある分野でして……」

「最上博士……？」

大久保の最上を見る目が、見る見るうちに見開かれていく。

「あ、あなた……、もしかして、帝都大学にいらした最上友紀子先生？」

「うん、そうだよ。初めましてだね！」

「まあ……」

大久保は感嘆を込めてそうつぶやくと、しみじみと最上を見つめた。当初の胡乱《うろん》なものを見る目つきから、憧憬《しょうけい》の対象を見る眼差しへと変わっていった。

「わたし、あなたの書いた一連の論文にはすべて目を通しているんですよ。すべてに感銘を受けました。この方は十年、二十年先の未来を見据えている方だって……」

「ありがと！」

最上は素直に喜んでいるようで、ニコニコと微笑んでいる。

話が逸れたので、長谷部は咳払いとともに口を挟んだ。

「なるほど、ナノボット・デリバリーシステムとやら、完璧に理解しました。要するに、『ミクロ決死隊』ですな」

大久保は眉をひそめて長谷部を見た。

「そんな古い映画、観たことありませんけど……。それに、ナノボットと言っても、金属でつくられたロボットの機械をイメージされてるんじゃないですか？」

「ち、違うんですか？」

「はあ……、まったく完璧に理解されてませんね。いいですか、わたしが開発したナノボットは、高分子ポリマーと言って、炭素原子がいくつもつながってつくられた化合物に、抗がん剤を包み込んでいるわけです。わかりますか？」

「わ、わかります……」

絶対にわかっていないようで、長谷部は密かに額の汗をぬぐっていた。

祐一が何を聞き出そうかと迷う間もなく、最上が口を開いた。

「ちょっとおうかがいしたいんですけど、ナノボット・デリバリーシステムが、亡くなった七人の患者さんたちの死因である、急性肺血栓塞栓症を引き起こした要因ではないって言い切れる根拠はあるんですか？」

大久保は最上を敵だと認識し直したように、いまでは鬱陶《うっとう》しそうに見つめていた。

そんなことには気づかず、最上はさらに続ける。

「本来、血栓って、怪我とかの出血を迅速に止めるための生体防衛反応ですよね。かさぶたとかも血栓だもん。血小板や他にも凝固因子が関係しているそうですけど、何らかの原因で血管内皮細胞が傷ついたり、カテーテルなどの人工物を挿入したりとか、血液って異物に触れると固まる性質があるじゃないですか。だから、ナノボットが塞栓症を引き起こした可能性って、わたし、あると思うんです」

大久保は鼻で軽く笑うようにして口を開いた。

「それはナノボットのつくりに理由があります。おっしゃるとおり、血液がナノボットを異物として判断すれば、すぐさま血は凝固して血栓になってしまいます。たとえば、そちらの方が勘違いされていたように、ナノボットが極小の金属機械であったら、たちまち血栓をつくってしまうでしょうね。でも、そうならないために、わたしは血液中でも安定して振る舞える素材を探したんです。

そうして、ようやく行き着いたのがポリエチレングリコールという化合物です。ポリエチレングリコールに抗がん剤を包み込めば、血中でも血栓をつくることなく身体中をめぐることができるんです。だから、わたしが開発したナノボット・デリバリーシステムが塞栓症の原因であるはずがないんです。

実際、治療を始めてすぐに効果が現れ、がんが縮小したり消失した患者さんもいるんですから。残念ながら亡くなった方は、もはやどのような治療をしたところで助からなかった方々です」

大久保の剣幕に祐一も長谷部も唖然としてしまっていたが、最上だけは暖簾《のれん》に腕押しのごとく通用しなかった。

「えー、でもでも、わたし、解剖された木村花江さんの心臓と肺、見ましたけど、あれは通常の血栓なんかじゃなくって……。身体の他の部位の血液はまだ固まってなかったのに、心臓と肺の部位の血液だけが固まって砂みたいになってたんですよ。あんな症状はいままで見たことがないっていうか——」

大久保は顔を歪《ゆが》めて吠えた。

「わたしが開発したナノボット・デリバリーシステムは臨床試験第一相の段階まで来ていて、厚生労働省の認可直前のところまで来ています。あと一歩でこの世からがんがなくなるんですよ。それでどれほど多くの人の命が助かることか！　そんな大切な時期にわたしが開発したナノボット・デリバリーシステムにケチをつけるようなことを言われるのは非常に不愉快です」

大久保は祐一と長谷部を交互に見据えると言った。

「令状がないんであれば、帰ってください。あなたがたと違ってわたしは忙しいんです。これから世界を救わなければならないんですから」


いそいそと退散せざるを得なかった。誰がどう疑わしいのかさえわからないのだから令状はまだ取れない。

建物の外に出ると、長谷部が愚痴を言った。

「それにしても、ヒステリックなオバさんだったなぁ。ああいう上司の下の部下って大変だよな。安藤って准教授なんてびくびくしてたもんな。ドラマの『白い巨塔』で観たんだけどさ、教授と准教授は大違いで、准教授のほうは教授のご機嫌うかがいみたいなことをしないと、将来教授に推薦してもらえないんだってさ。科学だ医療だって言ったところで、しょせん人間関係がモノをいう世界なんだよなぁ」

最上が十三もの学会で白眼視《はくがんし》されたのも、詰まるところ重鎮たちの最上の才能への嫉《しっ》妬《と》やこれまでの功績が覆されるという恐れが原因のようなものだ。宗教と同じで、科学や医療技術そのものには罪はないが、それを扱う人間のほうには善し悪しがある。

祐一は同意してうなずいた。

「大久保教授の頭の中にあるのは、ナノボット・デリバリーシステムを厚生労働省に認可させて、実施に向けて動き出すことだけです。現段階で悪い噂が出ることにおびえ切っているんでしょう」

「だからって、七人もの犠牲者が出てるんだ。このままマズい治療を続けていたら、さらなる犠牲者を生むことになる」

最上が考えにふけりながら口を開いた。

「でも、教授の言うことに欠陥はないんだよね。ポリエチレングリコールにコーティングされたナノボットなら、血液中に送り込んでも血栓をつくることはないはずだもん。その証拠に、患者の中には回復の兆しを見せた人もいるってことだったしね。何でだろ。

遺体の病理検査を急がなきゃだね」

祐一はうなずいた。

「大久保教授の言うとおり、日本の、いや世界の未来を変えうる革新的な医療技術です。成功すれば大勢の命が助かるでしょう。いたずらに研究を妨害したくないし、下手な噂も立てられてはいけない。慎重な科学的な捜査が必要とされます。最上博士、あらためて柴山医師と協力して、原因究明をお願いします」

「だよね。任せといて！」

最上はお使いを頼まれた子供のような軽さで応じた。祐一は彼女の無邪気さに一抹《いちまつ》の不安を感じざるを得なかったが、最終的には最上しか頼りはいなかった。

最上はスマホを取り出すと、時間を確認して言った。

「もう七時なんだ。日が長くなったね」

祐一と長谷部は遠くの空を見上げた。まだまだ空は昼間のように明るかった。

「そろそろ夜ご飯食べなくっちゃね。ホテルに戻ってルームサービス取ろっと。ほら、今日は羊羹を食べたでしょう。いっぱいスイーツを食べた日はラーメンを食べないって決めてるの。それじゃ、二人とも、また明日ね」

最上は道路に出ると、親指を立てすばやくタクシーを止めた。祐一はまずいと気づいて、あわてて彼女の背中に言った。

「博士、夕ご飯なら近くの定食屋か居酒屋でご馳走しますよ。だから、高価なルームサービスはやめてください。博士?」

最上は完璧に聞こえていたはずだが、うんともすんとも返事をしなかった。逃げ込むようにタクシーに乗り込むと、二人の視界から消えていった。

3

七月六日の朝、登庁するや、祐一は島崎課長に呼び出された。課長室に入ると、島崎はデスクに両肘をつき、両手を組み合わせ、厳しい顔つきをしていた。

祐一は応接用のソファに座ったが、島崎は椅子から動こうとせず、苦渋に満ちた表情のまま言った。

「さっそく厚生労働省から横槍が入ったぞ。大久保教授が言いつけたらしい。医政局経済課の課長からだったんだが、天下の帝大病院に警察が捜査介入するとは何事かと大変な剣幕で怒られた。警察庁刑事部、刑事企画課課長、四十二歳厄年、警視長の、このおれがな」

島崎も課長であり警視長の階級にある。いわゆる高級官僚である。島崎を直接叱れるのは、警察庁内では警視監の階級にある上役と天辺《てっぺん》に君臨する警察庁長官しかいない。普段怒られることを知らない人間が、他省庁の同階級の課長から怒られたことにショックを受け、腹を立てているのだった。

祐一は、厚生労働省の医政局経済課の課長を知っていた。

三枝益夫《さえぐさますお》、帝都大学時代の同級生だ。仲間の中で唯一、最上のことを気安く〝ユッキー〟などと呼んでいた軽薄な男だ。

三枝に一度言われたことがある。

——おまえさ、分子生物学を学びながら、何でゲノムや遺伝子じゃなくって、細胞膜の研究なんてやってんの？　馬鹿なの？　遺伝子こそがコンピューターの頭脳なんだろ。コンピューターの体《たい》のほうに興味を示してアホなんちゃう⁉

大学四年のときに三枝から無遠慮に投げつけられた言葉がいまも耳朶《じだ》から離れないでいる。三枝の頭の悪いアナロジーはまったくのデタラメなのだが、祐一はいまも三枝のこの発言のことは根に持っていた。もう一つ、祐一が崇めていた最上友紀子をユッキーなどという軽々しいニックネームで呼んでいたことにも怒りを募らせていた。

いや、実のところ、他にも三枝を嫌う理由はあるのだが。

そんな三枝は、どういうわけか、厚労省では早々に出世して課長の座にあるらしい。学生時代は馬鹿っぽい茶髪をしていたが、さすがに元に戻しただろうか。経済課は製薬業界と直接やりとりをする課であり、業界に対して隠然たる力を持つという。

祐一は苦々しく思いながら、学生時代の三枝を思い出していた。

島崎もまた苦々しげに続けた。

「大学の後輩に製薬会社に就職したやつがいて、そいつから話を聞いてみたんだが、三枝っていう経済課長はやり手で有名らしい。健康保険制度や診療報酬、薬剤価格なんかを決める日医協にも顔が利くっていうんだから、三枝が日本の製薬業界を仕切っていると言っても過言じゃないんだとか」

日医協とは、日本社会保険医療協議会の略である。

祐一は何の反応も示さず、冷めた眼差しで見つめ返した。

「厚生労働省としても、大久保教授の革新的な医療技術を認可する方向でもう決めてるんだろうな」

「だからといって、捜査の手を緩《ゆる》めろと指示するおつもりじゃないですよね？」

島崎は愉快そうに頬を緩めた。

「おいおい、おれがそんな指示を出すような柔《やわ》な男に見えるか？　見くびってもらっちゃ困る。上司の役目とは部下の責任を取るためにあるものだ。だから、徹底的に捜査をしてくれ。政治的なことはこっちで何とかするから」

言葉だけ聞いていれば、今日の島崎はずいぶんと殊勝《しゆしよう》なことを言っているが、これも素直に信じるべきではない。命をかけて蘇生ウイルスと戦い、凱旋《がいせん》した部下に対して、高性能のウイルスブロックマスク姿で応じるような男なのだ。

「わかりました。鋭意捜査に努めます」

やっぱり島崎を心から信頼することはできない。そう思いながら、祐一は頭を下げた。


その日の昼過ぎ、警視庁の捜査会議室に、祐一と長谷部以下、玉置、森生、玲音の面々が集結した。玉置たちの病院での聞き込み捜査の報告を聞くためだ。最上博士は柴山医師とラボにこもって、遺体の検視と病理検査をしている。

長谷部が、まず玉置に尋ねた。

「じゃあ、まずタマやん、何かいいネタあったか？」

玉置はいつものように前髪をいじりながら、軽い感じで何度かうなずいた。

「いや、あったっちゃ、あったんすけど……」

「あったんすけど、何だよ？」

「これ言っちゃっていいのかなぁ」

「おまえ、おれの気を引くの、うまいな。それ言っちゃえよ」

「いや、でも――」

「言えよ。命令だ、言え」

「あ、はい。いや、画期的ながん治療法なんかが世に出ると、高価な抗がん剤でボロ儲けしてる大手製薬会社が密かに動いて、その治療法を闇に葬るなんていう都市伝説があるじゃないですか。今回の件もそれなんじゃないかって声があるんすよね」

「あっ、それ、わたしも聞いたことある！」

玲音が手を叩いて飛び上がった。

「つい三週間ぐらい前、テレビの都市伝説を取り上げる番組で、まったく同じ特集やってたんですよ！　すごいシンクロ！　わたしもそういう闇の勢力の存在信じてるんですよね。うわー、すごいシンクロ！　鳥肌立っちゃった」

長谷部が冷ややかに指摘した。

「三週間のタイムラグがあって、それシンクロって言う？　鳥肌が立つほどじゃないから落ち着け。それより、タマやん、おまえが都市伝説を信じるとは思わなかったな」

「いやいや、おれ、そういうの慎重派なんす。けど、これも小耳に挟んだ話なんすけど、新規の抗がん剤の臨床試験で患者の二〇％くらいにしか有効性が認められなくて、がん細胞が消滅したんじゃなくて縮小した程度でも、厚生労働省はその薬を認可しちゃうんだとか。また、これも聞いた話なんすけど、がんにかかった場合、アメリカの医者に抗がん剤を使うか聞いたところ、八〇％の医者が抗がん剤は使わないって答えたんだとか……」

長谷部が疑い深い色で言った。

「いやいや、そんなわけないだろ。だって、がんになったら誰もが抗がん剤使ってるし」

「いやだから、それは学会が作成している治療ガイドラインで決まっているからっす。

たとえば、〝ステージ2でリンパ節転移がなければ、これこれの抗がん剤を使いましょう〟なんていうふうに決められているんですよ。そのガイドラインから外れた治療は保険が利かなかったり、医療事故が起きたときに、医師個人の責任が問われたりしかねないってわけです。そうなると、医者も保身のためにガイドラインどおりに抗がん剤を投与しますよね。

で、さらに言うと、その抗がん剤の売り上げは生産した製薬会社に入りますから、ここで医師と製薬会社の癒着《ゆちゃく》が生まれるってわけっす。いやぁ、世の中、実にうまい具合に回ってるってわけっすよね」

「感心している場合か」

「ちなみに大久保教授の研究も、大手製薬会社のライデン製薬との共同研究だそうで、かなり資金面でバックアップしてもらってるそうっす。大久保教授のがん治療は画期的だそうっすから、そうなると、ライデン製薬以外の抗がん剤を売ってる製薬会社は大打撃じゃないっすか。そりゃ、つぶしにかかりたくなりますよね！」

「こらこら、不謹慎な物言いするんじゃない」

長谷部がたしなめた。

祐一は胸に痛みが走るのを感じた。大手製薬会社のライデン製薬は、発展途上国などの地で新薬の人体実験を行い、死者や重傷者を出しているとも噂されており、何より最上博士の宿敵ともいえる古都《こと》大学名誉教授の榊原茂吉《さかきばらもきち》が顧問を務める会社でもあるのだ。

「そういえば、電気自動車も前に一回、闇の勢力につぶされたって話ありますよね」

森生が興奮した様子で眼鏡の縁を持ち上げながら口を挟んできた。

「『誰が電気自動車を殺したか』ってアメリカ映画があるんですけど、係長、観てます？」

「いや、おれ、その手の社会派っぽい映画は観ないんだ。エンタメばっかりで。それで？」

「ホント、ミーハーですね」

「うるさいよ。それで？」

「それで、一九九〇年代半ばに、アメリカのゼネラル・モーターズ（ＧＭ）って有名な自動車会社が、ＥＶ1って電気自動車を発売したんですが、石油業界の圧力を受けて車の回収を余儀なくされ、結果、ＥＶ1は市場から姿を消したんですよ。当時の大統領、ジョージ・W・ブッシュも圧力をかけたって話です。ブッシュは石油利権と結びついてたんで」

「また胡散臭《うさん》そうな話だな……。おまえらその手の話、好きだな」

「ホントなんですって！　だから、どんなにすばらしい技術が開発されたとしても、国の政策とか経済的な事情とかの理由で、その技術が日の目を見ずに葬り去られることってあるんですよ」

「でも、いま普通に電気自動車ってあるじゃねえか」

森生は眼鏡を持ち上げて、にやりとした。

「それはですね、オバマ政権が誕生してから、脱石油依存を目指そうってことになったこともあるし、あと、経済危機で大ダメージを受けたアメリカの三大自動車会社、通称ビッグ3が電気自動車の開発に再起を懸けていることもあるんですよ。何とも皮肉な話ですよ」

無駄口で盛り上がる一同に、祐一は努めて冷ややかな口調で言った。

「陰謀論は結構ですが、大久保教授のナノボット・デリバリーシステムは、従来の抗がん剤をナノボットに搭載するわけなので、抗がん剤で儲けている製薬会社は損害を被らないんです。なので、この事案にその手の陰謀論を適用することはできないと思いますけどね」

「いや、それがそう単純な話でもないんすよ」

意外にも玉置がやんわりと否定してきた。

「ナノボット・デリバリーシステムって、対象となるがんの種類に合わせてさまざまな抗がん剤を搭載するってことになってますけど、前はそうじゃなかったんすよ。がん細胞の遺伝子に直接働きかけて、増殖をストップさせる指示を出すナノボットを使う予定だったらしいんです。でも、資金面でバックアップしてるライデン製薬としては、それじゃうまみがないじゃないですか。だから、ライデン製薬がナノボットの仕様を従来の抗がん剤が使えるようにするよう、大久保教授に圧力をかけたっぽいんすよ」

祐一は思わぬ反論を受けてちょっとイラッとした。玉置は見た目とは裏腹に刑事として優秀のようだ。

長谷部が感心したように言った。

「タマやん、そんな情報、どこからつかんだんだ？」

「大久保教授の研究室の院生っす。なかなかかわいい子で、昨日の夜、渋谷のイタリアン行ったんすよ。ワインで酔わせたら、けっこうしゃべってくれたんす。店を出たあとはワインバー行きました。そのあとのことはご想像にお任せします」

「うるせぇよ。おまえの嫁にチクるぞ」

森生がおびえた顔で言った。

「やっぱりこの事件の裏には、製薬会社と医者の癒着が絡んでるみたいですね」

玲音がぶるっと身震いした。

「うわぁ、医療業界って闇深いっていうか、わたし、病院行くの怖くなっちゃいました」

祐一は不愉快な気分になって咳払いをした。

「わたしの祖父は町医者でしたが、地元の人たちからは名医として信頼され、〝こんなに人様のお役に立てるありがたい職業は他にない。祐一、おまえも大人になったら人様のお役に立てる仕事に就くんだぞ〟――。そう、祖父は幼いわたしに語ってくれました。わたしは医学の道には進みませんでしたが、警察庁に入庁したのも人様の役に立ちたいという思いで――」

話すうちに、祐一は祖父との思い出で胸が一杯になり、言葉に詰まってしまった。

長谷部があわてたように割って入った。

「まあまあ、コヒさん。玲音も悪気があって言ったわけじゃないんだから」

「そ、そうですよ。本気モードで怒ってくるとか大人げない！　っていうか、パワハラです！」

「こらこら、玲音……」

祐一は、ついかっとなってしまった自分に後悔した。狼狽《ろうばい》を押し隠して、一同に向かって言った。

「わかりました。それでは、闇の勢力による妨害の線も含めて捜査していきましょうか」


東京都監察医務院のラボを訪ねると、最上博士と柴山医師は一同を待ち構えていた。

祐一は玲音の言葉にまだ腹立たしさを覚えていた。人が職業を選ぶ理由はさまざまあるだろうが、尊敬する祖父がそうだったように、医師を志した者は利他的精神の持ち主であってほしい。

「みんな、そろったね。それじゃ、こっちに来てみて」

祐一は金髪かつツーブロックの柴山医師を見つめた。人を外見で判断してはいけない。柴山もまた高尚な利他的精神ゆえに医師になろうと決意したのではないか。

「柴山先生、ちょっとお聞きしたいんですが」

「なぁに？」

「先生はどうして医師になられたんですか？」

柴山は少し驚いたようだが、しんみりとした顔つきになった。

「小学校五年生くらいのころだったかな。わたしんち両親が離婚して母子家庭だったのね。昼間母親は働いていて、近所に住んでいたお祖母ちゃんがわたしの面倒をずっと見ていてくれたの。そんなあるとき、そのお祖母ちゃんが肺炎をこじらせちゃってね。わたしがいままでのお返ししなくちゃって思うんだけど、わたしには何もしてあげることはできない。日に日に衰えていくお祖母ちゃんの姿をただ見つめているしかなかった……。ある日、学校が終わって、お祖母ちゃんちに行くと——」

柴山は「ごめんなさい」と言葉を切り、指先で目元をぬぐった。

祐一は痛く感銘を受けた。

「なるほど。幼いころにお祖母様を亡くし、その無力感から将来は医師になって、人の命を救おうと――」

「うっそでーす」

柴山は祐一の顔の前に親指を立ててきた。

「わたしが医者を選んだのは、一番つぶしが効く職業だと思ったから。お祖母ちゃんなら、いまも元気でピンピンしてるし！」

「ははっ、引っ掛かったね、祐一君！」

最上が祐一を指差して笑った。

祐一はその人差し指をやんわりとどけると、努めて冷静な口調で言った。

「……では、始めましょうか。お二方、ずいぶんと機嫌がよさそうですが、何か新たな発見があったんでしょうね」

最上は顔に笑顔を残したまま、作業机のほうに近づいた。そこには、木村花江の身体から摘出された心臓が載っていた。固まって蠟細工のようになっているのでグロテスクさは感じられない。動脈の切断面から、赤黒く固まった血が崩れ、砂状になっていた。

祐一、長谷部、部下三人も作業台のまわりに集まってきた。

「ちょっと見ててね」

最上はU字型の磁石を手に持っていた。砂状になった血液に近づけていく。

砂の血が躍り出したかと思うと、やがてわっと飛び上がり、磁石の先にくっついた。

「いったいこれは……。血中の鉄分に反応しているということですか？」

最上はかぶりを振った。

「ううん、血中のヘモグロビンに含まれる鉄イオンに磁性はないよ。そうじゃなくって、ナノボットに磁性ナノ粒子が加えられているってこと。それも、とんでもなく大量にね」

大久保教授が開発したというナノボット・デリバリーシステムは、抗がん剤を包み込んだナノボットを適量血中に流し、がん細胞を狙い撃ちするものだ。そのナノボットに抗がん剤以外にも磁性を持った粒子を挿入したということだろうか。

「いったい何のために磁性を持った粒子が加えられたんですか？」

最上が人差し指をさっと祐一に向けた。

「そこなんだよね。なぜ磁性ナノ粒子を与えたのか。たとえばね、電磁誘導加熱がん治療といって、磁性を持ったナノ粒子を、外部から磁力を持った探針《プローブ》を使って操り、がんの病巣に集めて、加熱して、病巣を殺傷するっていう治療法があるのね。でもね、大久保教授が開発したナノボット・デリバリーシステムに使用されるナノボットは磁性特性を持つ必要がないんだよね」

「そうなんですか」

「そうなの。何でかって言うと、血管には小さな孔《あな》があって、その孔から細胞に酸素や栄養素が送られるんだけど、がん細胞の孔は他の細胞の孔より大きいっていう特徴があるのね。大久保教授の開発したナノボットは、この大きさを計算して正常な血管の孔は通過しないで、がん細胞の大きな孔だけ通過するサイズにしてあるわけ。だから、磁性とかそういうのはまったく関係ない」

「なるほどねぇ」

長谷部は平坦な声で応じたが、例のごとくまったく理解していないことは明白だった。

祐一は情報を整理しようとした。

「要するに、本来必要のないはずの磁性を持ったナノ粒子が、大久保教授の設計したナノボットには含まれていたというんですね。何者かが仕込んだってことですか？」

最上は険しい顔になってうなずいた。

「それ以外には考えられないんだよね。犯人は木村花江さんの静脈からポリエチレングリコールに包まれた大量の磁性ナノ粒子を注入したのち、強力な磁力を発する物質、プローブを木村さんの胸部に当てたんだと思う。すると、全身の血流をめぐっていた大量のナノボットが胸部に集中して、ポリエチレングリコールの膜が破れ、磁性ナノ粒子に反応した血液が凝固していったんじゃないかな」

「殺人ってことか……」

長谷部がぽつりと漏らした。

「だとするならば、犯人は院内を自由に動き回れる人物でしょうね。となると、医師か看護師か……」

柴山医師がいまはもう真面目な顔になって口を開いた。

「磁性ナノ粒子を扱える人物となれば、普通の医師ではないはずよ。工学系の知識を持ってないと」

長谷部が祐一にうなずいた。

「経歴を調べ上げれば、割り出せそうだな。部下に命じて、帝都大学病院に勤務する医師と研究者のリストをつくらせよう」

4

星来は亜美の話をしなくなった。

「星来ちゃん、お母さんは死んじゃったのよ」

母の聡子がそう諭したのもあるのだろう。嘘をついたらダメだと暗に諭したのだ。

星来は泣いていた。嘘じゃないと。本当にママを見たと。ママに間違いないと。

星来は確信を持っていたから、祐一と母が黙らせようとしたり、話を逸らしたりすると、怒った。

信じてくれないとあきらめると、もう亜美の話もしなくなってしまった。

祐一は星来が話をしなくなったことで少し不安を感じていた。

星来が自分の勘違いだと思ったのか。だんだんと忘れていったのか。

それで安堵するどころか、祐一は心に灯る希望が消えていきそうな恐怖を感じていた。

——冷凍した生体を解凍する技術はまだ確立されていません。

トランスブレインズ社がそう答えている。

誰を信じたらいいのか。いや、それはわかっている。祐一が信じるべきは誰なのか、答えは明白なような気がした。

誰よりも娘の星来を信じるべきだし、そして、誰よりもこの自分自身を信じるべきだ。

最上博士に聞いてみたい。

最上ならば、いま最先端の技術および最上の知性から、絶対零度で凍らせた人体を無事解凍させ、元の生前の状態に戻すことができるのではないか？

その質問をストレートにぶつけてみたい。

代償は？

——科学はね、人の夢を叶えてくれるけど、良心を失えば、悪夢にもなってしまうんだよ。

そういう倫理観を備えた科学者なのだ。

死にゆく愛する者を氷漬けにして、その復活を待つような身勝手な男を許してくれるとは思えない。

その意味で、最上博士は敵だ。

ふと、味方がいることを思い出した。

これまでずっと敵だと思っていた男だ。

トランスヒューマニズムを信奉する国際非営利団体、ボディハッカー・ジャパン協会、カール・カーンだ。

5

八月七日、祐一は最上博士と長谷部警部をともなって、大久保圭子の研究室へ向かった。玉置、森生、玲音の三人は、帝大病院に勤務する医師を中心に、ナノテクノロジーに精通する経歴を持った人物はいないか調べる作業と、大久保教授周辺に何らかのトラブルがないかの聞き込みに向かった。

途中、「お手洗いに行きます」と言い残し、最上がどこかに消えた。スマホでも連絡が取れないので、祐一は長谷部と二人で研究室を訪ねることにした。

大久保教授の姿がない代わりに、前に紹介された安藤淳也准教授がいた。

安藤は祐一たちの顔を見た途端に表情を曇らせた。大久保から、研究の瑕疵《かし》を探っている連中だから気をつけるようにとでも言い含められているのだろう。

祐一が口を開く前に、安藤が先を制すように言った。

「教授はいま、いませんよ」

「どちらにいらっしゃるんでしょうか？」

「それは……MRI検査室のほうです」

「教授はどこか身体がお悪いんですか？」

疑問に思って尋ねると、安藤は言いにくそうに顔をしかめた。逡巡する間があってから、恐縮するように言った。

「ご本人から聞いてください」

当然それが筋だろうと、祐一と長谷部はMRI検査室がある病棟へ向かった。

放射線科の廊下のベンチに、患者衣姿の大久保教授がいた。二人ともすぐにはそれが教授だとは気づかなかった。昨日とは別人のようだったからだ。

ショックを受けたことに、大久保は髪が一本もなく坊主頭だった。昨日はかつらを被っていたのだ。化粧もしていなく、顔色が和紙のように白く、生気が微塵《みじん》もなかった。

「大久保教授、ご病気をされているんですか？」

祐一が尋ねると、大久保は唇を嚙みしめた。

「乳がんのステージⅣ。全身に転移している。余命はあと三ヶ月といったところでしょう。わたしがナノボット・デリバリーシステムに血道を上げている理由には、わたしのがんを退治したかったからっていうこともあるのよ。だって、まだ五十六よ。人生一〇〇年だっていう時代に、まだまだ生きたいじゃない……」

大久保の声は怒りに震えていた。諦観《ていかん》の欠片《かけら》もない。まだ死にたくない。まだまだ生きてやるという執念が感じられた。

——生きたい。

亜美も同じせりふを口にしていたのを思い出した。

——生きて……、長生きして、星来が育っていくのを、大人になった星来を見たい。

大久保の双眸《そうぼう》からぽろぽろと涙がこぼれ落ちた。

祐一は深い同情を覚えながら尋ねた。

「教授もナノボット・デリバリーシステムを、ご自身の身体に運用しているんですね？」

「もちろんよ。自慢の技術を科学者自ら実験台になって試してみなくてどうするの。もう何度目かしらね……。わたしの身体の中のがんは、わたしと同じで頑固だから、なかなか死滅してくれない。たぶん抗がん剤との相性の問題だと思うわ。百発百中に効く抗がん剤はまだ存在していないの。ライデン製薬の言うことなんて聞かないで、がん細胞の遺伝子を直接操作できる研究を続けていれば……」

玉置が収集してきた情報では、大久保は当初がん細胞の遺伝子にナノボットが直接働きかけて、増殖をストップさせる研究をしていたという。しかし、抗がん剤をつくっているライデン製薬から資金援助を受けているからには、そこの抗がん剤を使わない治療法の研究を続けるわけにはいかなかったのだ。

「厚生労働省はもっと許しがたいわ。あの経済課の男は、わたしがライデン製薬の意向に沿うよう、要求を呑まなければ助成金を減らすとまで脅迫してきたの。あの何とか言う茶髪の軽薄な男よ。許せない」

「経済課の三枝ですか？」

「そう。そいつよ」

三枝は、いまなお茶髪なのか……。

「こちらで亡くなった七人の死因がわかりました。使用されていたナノボットの中に、磁性を持ったナノ粒子が混入されていました」

大久保が怪訝な顔つきに変わった。

「磁性を持ったナノ粒子……。そんなものを混入した覚えはないけど。ナノボット・デリバリーシステムは血流に乗って全身をめぐり、選択的にがん細胞だけを攻撃できるから、磁性を持たせて外部から操作する必要はないんだから」

「ええ、わかっています。おそらく何者かが意図的に混入したものと思われます。患者を殺害するためです」

大久保の顔に恐怖が走った。

「誰が……、いったい誰が何のために!?」

「お心当たりはありませんか？」

大久保の目が、何かに思いついたかのように、一瞬だけ見開かれた。

「あるんですね？」

予想に反して、大久保は首を強く振った。

「わたしにはわかりません。誰であれ、わたしのナノボット・デリバリーシステムをおとしめようとする者は許しません」

大久保には必ず心当たりがあるはずだ。祐一がかさねて尋ねようと口を開いたところ、奥の部屋から女性看護師がやってきて、「先生、造影剤の注射打ちます」と大久保の腕をまくり、駆血帯《くけつたい》を巻き、注射を打った。

「先生、中でしばらくお待ちください」

「教授……」

「わたしからあなたたちにお話しすることはもうありません」

大久保は重い腰を上げると、ドアの向こうに消える前に足を止めて、「お役目ご苦労様です」と、祐一と長谷部に向かって深く頭を下げた。

「半分は自分の最期を悟っているんだな」

長谷部がそうつぶやいたが、祐一は、大久保が死を覚悟しているわけではなく、より大きな責任を背負いつつ死地に向かおうとしているように思えた。


長谷部がスマホで玉置、森生、玲音を呼び出し、ロビーに併設された喫茶室で会議を開いた。祐一は再び最上を呼び出したが応答がない。

犯人は患者に磁性を持ったナノ粒子を投与して殺害した疑いがあるため、ナノテクノロジーに精通している人物だろうとの見立てで、長谷部は部下たちに院内の医療従事者の経歴を洗うように命じていた。

長谷部が玉置に顔を向けた。

「どうだ、容疑者らしき人物はいたか？　ナノテクノロジーに精通していそうな」

玉置はガムを嚙みつつ前髪をいじりながら答えた。

「いまさらなんですけど、おれ、高卒じゃないっすか」

「ああ、知ってるよ。高卒だな」

「高卒じゃないっすか。なんで、ナノテクノロジーの意味がわからないんすよ。だから、相手がナノテクノロジーについて知っているのかどうか、そもそも判断することができないっていうか。これもう、理系の大学入り直すしかなくない？　って考えちゃうくらい悩みまして。で、途中であきらめたんです」

傍で見ていた祐一のほうがイライラしたが、長谷部は玉置の扱いにもう慣れているのだろう、うんうんと怒りもせずに聞き終えてから、すぐに口を開いた。

「なるほど。まず安心していい。おまえは理系の大学に入り直す必要はない。なぜなら、おれが命じたのは、ナノテクノロジーを学んだ経歴を持つ医療従事者をリストアップしろってことだったんだからな。あなたはパイロットですかって聞くのに、本人がパイロットになる必要はないだろう？」

「さすが、そうっすね。あー、それなら聞いたんすけど、ナノテクノロジーを学んだ医療従事者に、おれはまだ当たってないっす」

「うん、最初からそれを言えばいいんだ。それが聞きたかったんだから」

「さーせん」

長谷部は玲音のほうを向いた。

「玲音、おまえはどうだった？」

玲音の目には異様な輝きがあった。祐一はそれを見て、嫌な予感しかしなかった。

「あの。これって、ぶっちゃけ無差別殺人だと思うんですよ。てことは、犯人は快楽殺人を犯すサイコキラーってことじゃないですか。そこで、わたしは聞き取りをした相手にサイコキラーテストをしました」

長谷部は眉間のしわを深めながら尋ねた。

「ナノテクノロジーを学んだ経歴を持つ医療従事者を探せと命じたはずなんだが……。まあ、一応聞こうか。どんなテストを行ったんだ？」

「それは…… 〝医師が病院内で患者が服用する薬に毒物を混入しました。理由はなぜでしょう〟っていうテストです。ちなみに、一般人の答えは、憂さ晴らしとか、人々がパニックになるのを見て楽しむとかです。じゃあ、問題です。サイコキラーの答えは何でしょうか？」

「さあ、わからない。おれはサイコキラーじゃないから。早く答えを言おうな」

「サイコキラーの答えは、〝毒物に苦しむ人を介抱してあげることで、自分が善行を施しているという優越感に浸る〟です。これって怖くないですか？」

「うん。怖い。で、結果は？」

「残念ながら、いまのところそう答えた人物に当たっていません。もう少し時間をください」

「うん、その調子で心行くまで続けてくれ」

長谷部は最後の期待を込めて森生のほうに顔を向けた。

「さあ、期待のルーキー、森生。おまえには院内におけるトラブルや噂を探ってくれと頼んでいたな。で、どうだった？　おれをがっかりさせてくれるなよ」

「わたしは人間のあらゆる欲望を見ました」

森生は深刻そうな表情をしていた。

「哲学的なことを言ってくれるじゃないか。で、具体的には何を見た？」

「ここ、白い巨塔には、他人を出し抜きたい、足を引っ張ってでも出世したいという出世欲や、おれのほうが優秀な医師だ、メスを握らせたらわたしの右に出る者はいない、わたしのほうが注射を打つのが上手い看護師だ、といった自信過剰なプライドや妬《ねた》みや嫉《そね》み、それから、あの先生すてき、あの子かわいい、やりたい！　などといった肉欲など、この世におけるありとあらゆる煩悩《ぼんのう》が渦巻いていました。それは人間社会の縮図と言ってもいいでしょう」

「大久保教授関連のものに絞って答えてくれるか」

「はい。大久保教授の評判はすこぶるよくないことがわかりました。みんなから嫌われてます。理由は主に三つありますね。一つ目、偉そうで、態度がでかく、わがまま。酒乱。二つ目――」

「いま一つ目で四つくらい言ったけどまだあるのか？」

「はい、あります。二つ目、日常的にパワハラを行う。若い男性医師や看護師へのセクハラも少々。あと、権威主義的で差別主義者……。三つ目、部下の手柄を自分の手柄にしてしまう。特に三つ目では変な噂を聞きました。例のナノボット・デリバリーシステムってあるじゃないですか。あれの大本《おおもと》のアイデアを考えたのは、大久保教授じゃないそうですよ」

どうでもいい話だと聞き流していた祐一は、最後の言葉を危うく聞き逃すところだった。

「ナノボット・デリバリーシステムを考案したのが大久保教授ではなかったら、大本のアイデアを考えたのは誰なんですか？」

大久保はさも自慢げに同システムを開発した、と再三言っていたはずだ。

森生は困惑したように肩をすくめた。

「いえ、そこまでは……。あくまでも噂なんで」

玉置も興味を示したように言った。

「あー、それ、殺意になりうる。おれだったら人の手柄を奪うようなそんな上司、憎みますね」

「あ、おれも」と森生がうなずき、「わたしもー」と玲音も同意した。

三人の部下がちらっと長谷部のほうをうかがった。

「こらこら、おれを見るんじゃない。冗談でも怖いだろ」

長谷部が真剣な表情になって祐一のほうを向いた。

「大久保教授は曲者《くせもの》だったってことか。アイデアを横取りされたら十分に殺意になりうる。誰から盗んだのか、つかまえて聞き出さないとな」

祐一も犯人の動機には納得した。

「そうですね。最上博士を探して、一緒に大久保教授に会いに行きましょう」


院内をさんざん探し回り、どこにも最上博士の姿がなく、院内放送をしてもらおうかと一階ロビーの受付奥にある事務室を覗いてみると、一台のパソコンの前で真剣な顔で作業をしている最上を発見した。デスクの上には、食べかけのモンブランが載っている。

「博士、こんなところにいたんですか。ずいぶん探しましたよ」

祐一はデスクの近くまで行き、座ったままの最上を見下ろした。

そんな抗議は不本意だとばかりに、最上は頬を膨らませた。

「わたしだって捜査してたんだから。ほら」

最上が手にしていたのはＡ４の資料で、大学病院内の医師の経歴をプリントアウトしたものだった。

「帝大病院のホームページにアクセスすると、教授や准教授のプロフィールページがあって、簡単な経歴が書かれてあるんだ。それをプリントアウトして、経歴を調べてたの」

長谷部が額を手で打った。

「何だ、その手があったか……」

祐一は、いましがた仕入れた情報を報告した。

「教授、実はナノボット・デリバリーシステムは大久保教授が発明したものではないようです」

最上は驚いた様子もなく、モンブランの残りをスプーンですくい、口に運んだ。

「知ってるよ、そんなこと」

「えっ？　どうして知ってるんですか？」

最上はプリントアウトした資料を指で叩いた。

「だってこれを読めばわかるもん。大久保教授はね、帝都大学医学部を卒業後、ずっと病理学研究を専門にしてきた人なの。ナノボット・デリバリーシステムを思いつくのは、普通の医学部を卒業した研究者じゃたぶん無理で、高分子化学の知識が必要になるからね。ナノボット・デリバリーシステムの大本となるアイデアは他の誰かが考えたんじゃないかなぁって思ったもん。そしてまた、ナノボットに磁性ナノ粒子を混入したってなると、犯人もやっぱり高分子化学やナノテクノロジーに精通した研究者のはずだからね」

「わたしも、犯人はナノボット・デリバリーシステムを考案した張本人で、大久保教授が横取りしたことを快く思っておらず、一連の犯行に及んだのではないかと思います。これからその人物を探そうと思います」

「それならもうわかったよ」

最上は手に持っていた一枚の用紙を振った。

「この人。帝都大学医学部を卒業したのち、アメリカの大学の工学部に進んで、高分子化学とバイオマテリアルを学んでる。この人なら、血栓をつくらないナノサイズの高分子カプセルをつくる知識と技術があるし、磁性特性のナノボットを扱うこともできるね」

「その人物とは？」

「安藤淳也准教授」

祐一は背中に冷や水を浴びせられたような悪寒《おかん》が走るのを感じた。

最上の話は続いていた。

「大久保教授に自分のアイデアを取られたうらみつらみから、ナノボット・デリバリーシステムの評判を地に堕としてやれって思って、犯行に及んでしまったのかもね。治療をしても恢復《かいふく》が見られなかった患者だけを手にかけているのは、ほんのわずかに残された安藤先生の良心だったのかも……」

「ホントに良心が残っていたら、余命幾ばくもなくなった哀れな患者を殺そうとなんて思わないだろ」

長谷部が憤慨しながら良識的なことを口にした。

意外にも、変わり者を掻き集めてきたようなＳＣＩＳの面々は、倫理観、良識、良心を持った者たちなのかもしれない。

「安藤の身柄を直ちに確保しよう」

長谷部はスマホを取り出して、玉置たちに指示を出した。

祐一は悪寒の正体を見極めようとしていた。何か最悪の事態が迫っているような感じがして仕方なかった。

「安藤准教授がもっとも恨んでいるのは、やはり大久保教授でしょうね。だとしたら、教授に復讐《ふくしゅう》することが最終目標なんじゃないでしょうか?」

最上は、わけがわからないという顔をしていた。

「そうかもしれないけど、大久保教授はナノボット治療を受けてないでしょ?」

「それが、先ほど知ったんですが、大久保教授はステージⅣのがんで、通常のがん治療では助かる見込みはないため、自らナノボット・デリバリーシステムの被験者になっているんです」

「へえ、そうだったんだ。じゃあ、大久保教授の身体にも磁性ナノ粒子が注入されているかもね。早く大久保教授に知らせたほうがいいよ。次のターゲットかもしれないって」

「わかりました。では、すぐにＭＲＩ検査室へ急ぎましょう」

「ＭＲＩ検査室?」

最上の眉根に怪訝なしわが寄った。

「ええ、大久保教授はいまごろＭＲＩの検査を受けているはずです」

最上は口角泡を飛ばして叫んだ。

「それ、絶対入ったらダメなやつ！」

あまりの剣幕に、祐一はびっくりして聞き返した。

「どういうことですか？」

「ＭＲＩってね、核磁気共鳴画像法っていって、強力な磁石の中に被験者を入れることで、磁場と電波を使って身体の内部を画像化する装置なんだよ。超強力な磁場に入った金属は熱を持つのね。だから、金属を含む顔料を使った入れ墨の人は火傷を負うからＮＧだっていうくらいなんだよ。磁性ナノ粒子が全身に行き渡っている人がその中に入ったら、全身丸焦げになっちゃうよ！」

祐一と長谷部は、大久保教授を救うために走り出した。

6

安藤淳也は大久保教授を静かに見下ろした。教授はいまＭＲＩ装置のベッドにベルトで固定された状態で横たわり、体力と同様に弱まった目で准教授を見上げていた。

検査技師には退室してもらっていたので、検査室には安藤と教授の二人しかいなかった。部屋には巨大なドーナツ型の磁石のついたＭＲＩ装置が一台あるだけだ。他に余計なものはいっさいない。殺風景な検査室である。万が一、金属を持ち込めば、強力な磁石に瞬時に引き寄せられ、人の力では引き剝《は》がせなくなってしまう。

「安藤先生」

大久保教授のひび割れた唇が開いた。いつもの力強さはなく、声はかすれていた。

「あなたには感謝してるわ。本当に……。安藤先生の力添えがなかったら、ナノボット・デリバリーシステムはこの世に誕生しなかった。本当はあなたが開発した抗がん剤を使わない遺伝子治療型のナノボットを使ったほうが汎用性《はんよう》が高まったでしょうね。もしも……、もしも、そっちのほうの研究を続けていたら、わたしは助かったかもしれない。いまとなっては後の祭りだけれど……」

「かもしれません」

安藤はそう答えるしかなかった。因果に支配され決定されていく時間軸の中で、「もしも」などという問いは無意味だ。

「残念ながら、わたしたち一研究者の力だけでは決められないこともあるのよ。悲しいことだけど、そのうち時代が変われば、治療法もまた変わるでしょう」

安藤は、少し饒舌になった大久保教授の顔を相変わらず静かに見下ろしていた。

束の間、沈黙があったのち、大久保が重くて長いため息をついて口を開いた。

「あなたはわたしに、アイデアを手柄を横取りされたと怒ってるでしょうね。でもね、これほど画期的なシステムを世に広めるためには力が必要なのよ。交渉するための力が、時には妥協する力が、国家や大企業を相手にする力が！　あなたにはその力がない。わたしにはあった。わたしは頭脳よりは政治力で、この帝大病院でのし上がってきたんだから。

だから……。本当にごめんなさい。そして、ありがとう。ここまで来たら、ナノボット・デリバリーシステムは確実に国からの認可を受ける。多くのがん患者が助かるでしょうね。あなたの見た夢が叶うのよ」

安藤の心に教授の言葉はまるで響かなかった。もはやすべては虚しく、心は空っぽだった。

悪事に手を染めてしまった。人を救うための手を——。

「でも、教授が亡くなったら、指導力と求心力を失ってしまったら、このシステムも普及しなくなるんじゃないですか」

「大丈夫よ。あなたがいるでしょう。わたしよりもナノボット・デリバリーシステムについてよくわかっているあなたがね。道はわたしが切り開いてあげた。あなたは何も心配せず邁進《まいしん》しなさい。さあ、始めましょう」

大久保はヘッドセットを頭に装着すると、静かに目を閉じた。その表情には帝都大学の教授職にある者としての権威があり、死を悟った者の諦観があった。

あれほど生きたいと思っていた大久保がなぜ死を悟るのか？

安藤は起動スイッチに伸ばしかけた手を止めた。この期《ご》に及んで戸惑いを感じた。手がぶるぶると震えていて、腰の後ろに回して隠した。

密《ひそ》やかな感動が胸に広がっていた。頬に涙がこぼれ落ちた。大久保がそこまでこの技術を、患者のことを、そして、自分のことまでを考えてくれていたとは夢にも思わなかったのだ。

自分は憎しみしか大久保に向けてこなかった。

「大久保教授、ナノボット・デリバリーシステムの治療を受けて亡くなった患者さんの件で、目下、警察が院内を捜査しています。ナノボットの中に磁性特性のナノ粒子が混入していて、院内の誰かが犯人だと思っているようです」

何でこんな話をしているんだろう、と安藤は自分自身をいぶかった。

大久保が犯人に見当が付いているのかどうか知りたいのだろうか。

罪の告白をしたいのだろうか。許されるわけがないのに……。

「磁性特性のナノ粒子はわたしも研究していた。たぶん誤って混入してしまったのね。それが原因だとしたら、亡くなった患者さんたちには申し訳ないことだと思うわ。検査が終わったら、警察にも話すつもりよ。さ、安藤先生、検査を終わらせましょう。わたしはもう疲れたわ」

大久保はずらしていたヘッドセットを両耳に装着した。

大久保はすべてを悟っているのだ。

もう引き返すことはできない。すでに七人もの命を奪っている。

震える手がＭＲＩ装置の電源スイッチを押した。ガタンガタンとドーナツ型の装置から大きな音がして、大久保教授の載ったベッドがゆっくりと装置の中へスライドしていった。

大久保の身体中の血管をめぐる磁性を持ったナノ粒子たちが、電波の影響を受け発熱し始めるまでそう時間はかからないだろう。身体中の血管が焼けるような痛みが走るが、ベッドに固定された教授はもがくことさえできない。断末魔《だんまつま》の叫び声を上げ続け、やがて意識を失い、力尽きて死ぬだろう。

安藤はその次は自分の番だと観念していた。すでに磁性ナノボットを静脈から注入していた。

それだけの罪を犯してしまった。

「申し訳ございません」

安藤は震える声で言うと、大久保に深く頭を下げた。大久保は聞こえなかったようで、何も答えなかった。

突然、検査室のドアが開き、数人の男女が流れ込んできた。前に見た警察の人間と検査技師らだ。

「ストップ！　そこまでだ！」

長谷部という刑事が真っ先にＭＲＩ装置に飛びかかった。

「電源スイッチはどこだ？」

検査技師が走りながら叫ぶ。

「わたしがやります！　近づかないでください。危険ですから！」

先頭にいた長谷部の身体が浮き上がったかと思うと、ＭＲＩ装置のドーナツ型の入り口に向かって、腰から吸い寄せられた。まるでブラックホールに落ち込んでいくかのように、長谷部は身体を浮かしたまま、ドーナツの入り口の縁に両手を突っ張って踏ん張った。

「うわっ‼　どうなってるんだ⁉」

「馬鹿だなぁ。腰のベルトだってば」

最上が呆れと怒りの混じった声で注意した。

「バックルの金具！　だから、金属はみんな外してくださいって言ったのに……。こうなったら、クエンチボタンを押して磁場を消滅させないと――」

検査技師が装置の脇にやってきて、ベッドの下方についていたスイッチを操作した。

ドーンという爆発音がすると同時に、ＭＲＩ装置の上部から白い煙が噴き出した。

悲鳴が上がり、何かが激突する重い音がした。

何が起きたのか確かめる間もなく、視界が真っ白の煙に覆われた。

「ＭＲＩ装置っていうのはね、とてつもなく強力な超電導磁石を作り出すために、とてつもない電力が必要になるんだけど、それだととんでもなく電気代がかかるから、代わりにマイナス二六九度以下の液体ヘリウムで冷却することで超電導状態を維持してるのね。

今回みたいに、ＭＲＩ装置に人や物が吸着されて剥がせなくなったときには、液体ヘリウムを気化させて、超電導状態を解消しないといけないわけ。コンプレッサーにより加圧されることで液化しているヘリウムが一気に気化するから、ドーンっていう爆発みたいな現象が起きて、白い煙がもくもく発生するわけ。ちゃんとそのための煙突もついてるんだけど、気化爆発が激しいときは逆流して、一部の気化ヘリウムが漏れてしまうこともある。それがさっきの現象なの」

そこまで一気に説明し終えると、最上博士は目の前に置かれたラーメンのどんぶりを両手に持ち、ずずっと汁をすすり始めた。

「なるほど」

その日の夜七時、祐一は最上と一緒に彼女の宿泊する赤坂の〈サンジェルマン・ホテル〉近くの魚介豚骨系で有名なラーメン屋のカウンターにいた。最上を見送りがてら、祐一は一日を振り返っていた。

さよならだけを言って別れる気にはならなかった。それほど今日一日はいろいろなことが起きた日だった。

帝大病院では、爆発が起きたと勘違いした職員や患者らの通報により、消防車や警察まで駆け付ける騒ぎになった。

ＭＲＩ装置に吸い寄せられた長谷部は無傷で、何ら問題はない。大久保教授も身体がちょうど装置の中に入ったところで、血中の磁性を持ったナノ粒子が熱を持つ前に救出されたため大事には至らなかった。ところが、一名、思いもよらぬ犠牲者が出てしまった。

安藤淳也准教授である。安藤は爆発的に気化したヘリウムの爆風を受けて、背後の壁に頭を強く打ち、そのまま帝大病院に入院措置となった。現在意識不明の重体であるという。

容疑者の安藤淳也の容態が回復してから事情聴取を行う予定だが、七人の患者に磁性特性のナノ粒子を混入したという物的な証拠はまだそろっていない。安藤が犯人であるとは推測の段階でしかなかった。

大久保教授から事情を聞きたいところだが、教授もまた容態が悪化の一途をたどっており、時間を取って聴取することができない状態だった。

それでも、長谷部が病室を訪れて一度聞き取りをしようとしたところ、大久保教授は驚くべきことを口にした。

「磁性特性のあるナノ粒子は、誤って混入されたものです。すべてはわたしの責任です」

大久保が虎の子のナノボット・デリバリーシステムに傷をつけさせないために、安藤准教授をかばっているのは明白だった。

大久保は死を前にして、安藤から名声を奪ったことを後悔し、院内で起きた罪と不名誉を背負って死のうとしているのだ。

「こりゃ、安藤が目を覚ましてから告白させるしかないな」

長谷部はため息交じりにそう言っていた。

最上がラーメンのどんぶりをとんとカウンターに置いた。

「爆風の直撃を受けたわけじゃないんだから、すぐに回復すると思うけど。壁に頭をぶつけて意識不明って、そうとう運が悪かったんだね」

祐一は胸のうちに不快な感覚が重く残るのを感じながら、残りのラーメンを片付けることにした。

と、スマホが鳴った。いまの不快さを反映するような嫌な音に聞こえた。

相手は島崎課長で、重苦しい声が告げた。

「安藤淳也が死んだ」

7

祐一は最上を伴い大急ぎで帝大病院に向かった。病院の正面玄関付近には、パトカーなどの警察車両の姿は見当たらない。警察が動いている事実はいっさい伏せられているのだろう。

ロビーの受付へ向かう途中、「コヒ」と自分を呼ぶ声がした。振り向くと、島崎課長がいつになく険しい表情で立っていた。島崎が現場に降りてくるとは非常にめずらしいことだ。それを言えば、警視正の肩書きのある祐一でさえそうだが。

「課長、何が起こったんですか？」

島崎の頭でっかちの宇宙人顔が険しさを増していた。

「安藤淳也は、容態が急に悪化して、先ほど亡くなった」

「そんな……。爆風に吹き飛ばされて、壁にちょっと頭部を打っただけですよ」

「予想以上に衝撃が大きかったんだろうな。そうとしか考えられない」

「遺体はいまどこです？　解剖に回しましょう」

自分でも意外なことを口走っていた。祐一は安藤の死を不審に感じていたのだ。

「いや、解剖の予定はない」

島崎は突っぱねるように言った。やはりいつもの課長とは雰囲気が違い、有無を言わさぬ厳しさを漂わせていた。

祐一は食い下がった。

「なぜです？　死因がはっきりしない場合、行政解剖を行うのが通常でしょう」

「死因ははっきりしている。頭部挫傷だ。だから、解剖はしない」

祐一はかっとなって、思わず声を荒らげた。

「この件に関しては、犯罪の疑いもあるとわたしは思います。ですから、司法解剖に――」

「ない！　司法解剖もない！　これは決定した事項だ！」

島崎は厳《いか》めしく堂々としているように見えたが、心なしか声がわずかに震えているようだった。

「いいか、小比類巻。よく聞け。さっき厚生労働省の三枝課長と話した。おまえから聞いていた捜査状況について説明してな。そして達した結論はこうだ。大久保教授の開発したナノボット・デリバリーシステムに瑕疵はない。亡くなった七人の患者の死に不自然なところはなく、磁性を持ったナノ粒子なるものの混入もない。よって、帝大病院内で起きた事案は問題なしとして幕を引くことにした」

祐一は耳を疑った。腹の底から怒りが沸き起こってきた。

「事件を隠蔽するつもりですか？　磁性を持ったナノ粒子が意図的に混入されていたのは事実です。課長、島崎警視長！」

島崎は祐一に険しい目を向けた。これまでに祐一が島崎を肩書き以外で呼んだことがなかったからだ。

「わたしは特殊案件の捜査を命じられたのであって、犯罪行為の隠蔽を引き受けたのではありません。警察が殺人が行われた事実を隠蔽するなど言語道断です」

「状況は変わるんだよ、ころころと。おまえに言われるまでもなく言語道断なことくらいわかっている」

島崎は眼鏡を取り外し、まっすぐな目で怒りを放ってきた。怒りゆえに身体が震えている。けっして短気な男ではない。島崎がここまで理性を失うのを見るのは初めてだった。

「仮に、安藤がナノ粒子を混入した犯人だとしよう。七人を殺したとしよう。安藤は逮捕起訴されていれば、死刑は免れなかっただろう。だが、安藤は死んだ。裁判にかける時間や費用が丸々浮くって考えられないか？　被害者の遺族だって、殺されたと知るより、がんで死んだと思っていたほうがずっと幸せだ。そうだろう？　帝大だって傷がつくことはない。将来、多くの人命を救うことになるナノボット・デリバリーシステムもすんなりと認可を受ける。このシナリオならば、すべて丸っと収まるんだ。コヒ、よく考えろ」

「しかし――」

「しかしもへったくれもないんだよ！　おまえよりもはるかに階級が上の人間が苦悩した上で下した結論だ。反論など誰も期待していない。おまえはただ命令に従うのみだ」

祐一は怒りゆえに身体が震えるのがわかった。島崎も震えていた。同じ理由からくる震えだろうかと勘繰《かんぐ》った。

島崎もまた理不尽な現実に怒りを感じているのか。

「わたしはいつだって考えてからものを言っているつもりです。厚生労働省が何だっていうんですか。こっちは日本の安全と秩序を守る役目を負った警察庁です。隠蔽すべき真実なんてありません。それをわれわれ警察が言ってはいけないんです」

「偉そうに……」

「わたしは安藤准教授の死にさえ疑いを持っています。頭部は軽傷だったはずで、このタイミングで都合がよすぎます。ぜひ真相を究明するべきです」

「何度も言うが、その権限はおまえにはないし、警視庁もこの件で捜査を開始することはない」

話は終わったとばかりに、島崎は踵《きびす》を返した。その背中に向かって、祐一は大きな声をかけた。

「課長、責任はおれが取るなどと殊勝なことを言ってましたよね？」

「取るよ。取れる責任なら。だが、多くの人命を救うことになる科学技術を葬り去る責任など、おれは取れん。どっちの選択の先にある未来が明るいか、考えてみるんだな」

これで話は終わりだとばかりに、島崎は祐一に背中を向け、遠ざかっていった。

祐一はその背中に向かい、さらに脅すように声をかけた。

「安藤准教授は自らの身体にも高濃度のナノ粒子を注入しています。その遺体を普通の焼却炉で焼けば、温度は急上昇し、爆発が起きる可能性がありますよ」

島崎はゆっくりと振り返った。

「何だって……？」

「島崎課長、あなたが始末書を書くことになりますよ。責任まで取らされることにもなるでしょうね」

「じゃあ、どうすればいいんだ？　遺体は焼けないと？　川にでも流せというのか⁉」

「ここはわたしに任せてください。悪いようにはいたしません」

島崎は祐一の目を見つめた。真意を見抜こうとするかのように、忠誠心の深度を測ろうとするかのように。やがて島崎はこくりとうなずいた。

「わかった。おまえにおれの未来を任せる」

祐一は深く頭を下げると、長谷部に連絡を入れた。

「長谷部さん、ただちに安藤准教授の遺体を手に入れてください。それから、東京都監察医務院に行って、柴山先生に検死をしてもらってください」

「安藤准教授は口封じのために殺されたっていうんだな？」

「そうとしか考えられません。犯人を捕まえなければ……」

「それじゃ、院内の防犯カメラを調べ上げたほうが早くないか。部下たちにやらせよう」


一時間を過ぎて、玉置と森生、玲音がやってきて、非常事態下にあるため、誰も人のいなくなった病院のロビーで、祐一と長谷部たちは捜査会議を開いた。

玉置がノートパソコンをすっと前に置いた。

「これは、院内に十数個ある防犯カメラの映像です」

ノートパソコンの画面が四分割されており、右上に番号の付いたそれぞれの画像も数秒後には別の場所を映すカメラの映像に切り替わっていく。

玉置がキーボードを操作しながら、ある四分割画面を指差した。

「これ、見てください」

廊下を映した防犯カメラの映像で、部屋から白衣を着た男が出てきたところである。

男の顔を斜め上から撮影しているため、その面貌はよくわからなかったが、男の様子がどこかおかしいことはわかった。廊下の左右に気を配り、顔が恐怖か怒りでひどく歪んでいた。

「この男が出てきた部屋は、安藤准教授が収容されていた部屋です」

祐一は画面に顔を近づけた。

「この男が安藤さんを殺害した容疑者で間違いなさそうですね。全国に指名手配しましょう」

長谷部はぐるりと周囲を見わたした。

「まだそう遠くには逃げてないんじゃないか」

最上が画面にぐっと顔を近づけた。

「うーん、わたしってば、この男の人にすごくよく似た人を知っているよ」

祐一は一応尋ねてみた。

「誰です？」

「榊原茂吉の長男の吉郎《よしろう》君だよ。五年前に、わたしの同僚の速水真緒ちゃんが殺害された事件があったでしょう。その唯一の真っ黒の容疑者が、真緒ちゃんと付き合っていた吉郎君だったじゃない。友達が彼のアリバイを証言したし、何と言ってもお父さんが国際的にも有名な古都大学の名誉教授なんで、吉郎君はそれ以上、警察の追及にはあわなかったんだけどもね」

画面に映る吉郎は五年前とはずいぶん変わっていた。ひと言で言えば、人相が悪くなったし、病を抱えているかのようにやつれていた。

「その容疑者だった男が、何だって再びこんなところに現れて、安藤准教授を殺すんだ?」

最上博士の顔に少し影が差した。

「うん、ナノボット・デリバリーシステムは製薬会社のライデン社が資金をバックアップして開発された技術でしょう。吉郎君のお父さんの茂吉さんはライデン社の顧問だからね」

祐一が長谷部に向かって説明した。

「吉郎は親の七光りで国際科学大学で准教授の職に就いていますが、実際は、ほとんど研究らしきことをしていないようです。その研究室に協賛金を出しているのもライデン製薬ですから、吉郎は父親とライデン製薬に忖度《そんたく》して、不安の種を刈り取る役目を自らに課したんでしょう」

「うんうん。莫大な資本を投下してきたライデン製薬としては、この技術にミソがつくのは極力避けたいに決まっているよね。開発者の一人が教授にアイデアを盗まれたことの腹いせに、それもナノボット・デリバリーシステムを利用して患者を殺していたなんてことが明るみに出れば、もうこの技術は闇に葬り去られてしまうかもしれないからね」

長谷部はスマホを取り出して、パソコン画面に映る榊原吉郎の写真を撮ると、所轄の警察著に連絡を入れて、逃亡者の写真と名前を伝えた。

「いま署にいて動ける者と自宅待機している者もみんな掻き集めて、その男の発見に全力を注いでくれ」

と長谷部が言い終わるや、祐一は横からスマホを奪うと付け加えた。

「警察庁刑事局刑事企画課の小比類巻警視正です。近隣署の協力も受けて、総勢五〇〇人態勢で絶対に確保してください。失敗は許しません」

祐一はスマホを切ると、長谷部のほうに渡した。

長谷部は震える手で受け取っていた。

「さすがコヒ……、いえ、小比類巻警視正！　シメるときは厳しくシメますね。おれも見習わなくちゃな」

玉置と森生と玲音が係長から視線を逸らした。

榊原吉郎は帝都大学付属病院内の地下一階にある男性用トイレの個室で見つかった。隠れん坊でもしているかのように、個室のトイレの蓋《ふた》の上に座っていたという。逃れるつもりならば、遠くへ向かっているはずだが。

病院の正面出口から出てくるところを、祐一と長谷部たちが待ち構えた。

榊原吉郎はなぜか衰弱が激しく、警察官二人に両脇を抱えられながら歩いてきた。

あらためて、吉郎の外見が著しく変化していることに驚かされた。たったの五年で人の風貌がここまで変わるとは、重篤《じゅうとく》な病気を患っていること以外考えられない。

最上博士が一歩前に踏み出し、吉郎と相対峙する格好になった。

最上の顔はいつになく強張っていた。友人を殺されたことへの怒りが表れている。

「吉郎君、ご無沙汰だね。お元気……ではないみたいね？」

「ああ、あいにくおれは元気……ではない」

「お父さんはお元気？」

「いや、あの男に元気とか、そういう概念はないんじゃないかな」

「どういう意味？」

「おれはもう何年もあの男とは会っていない。生きているのか、死んでいるのか、おれにはわからない」

「榊原教授が亡くなったら訃報が出るよ」

「おれの訃報なら今日中に出るかもしれないがな」

「吉郎君、病気なの？」

最上は何かに気づいたらしく、上着のポケットから小型の計測機器を取り出した。祐一はそれをかつて福島視察時に見たことがある。放射線を測定するガイガーカウンターだ。

最上がスイッチを入れたとたん、ガイガーカウンターが耳障《みみざわ》りな音を立てた。吉郎のほうに反応しているらしい。

「ストップ！　みんな、離れて！」

最上が片手を広げて、祐一や長谷部らを制止した。

最上は吉郎の襟首から覗く銀色のネックレスに目を止めた。

「吉郎君、そのネックレスに放射性物質が混入してるみたい。外に出してみて」

吉郎は弱々しい手つきでネックレスを手繰《たぐ》った。先端に付いていたペンダントは、金色の球体の閉じ込められた透明なピラミッドだった。ボディハッカー・ジャパン協会のシンボルである。

ガイガーカウンターのアラーム音がさらに甲高くなった。

「一〇〇〇ミリシーベルト……！　人体に極めて危険な線量だよ！　何でそんなものを……!?」

吉郎は手のひらにネックレスを載せ、しみじみと見つめた。鼻からつうっと血が流れ落ちた。

「もらったんだ。一週間前、おれの誕生日プレゼントに……」

「誰に？　誰からもらったの？」

吉郎は答える代わりに、大量の血を吐いて、その場に倒れ込んだ。

8

「今日はやけに天気がいいな。蒸し暑い」

島崎課長は雲ひとつない空をにらみ、缶コーヒーを一口すすった。スーツの上着を折りたたんで抱え、ネクタイも少し緩められていた。

晴天の続いた五月も終わり、もうじき梅雨の季節がやってくる。ちょうどその狭間の時期だ。

島崎は冷ややかな目で、隣にいる祐一を見やった。

「コヒ、満足か？」

安藤淳也准教授の死をもって解決していたはずのナノボット・デリバリーシステムの事案について、祐一の一存で勝手に安藤の死を他殺と判断し、捜査を推し進め、古都大学名誉教授の子息である榊原吉郎を死に追いやった。

吉郎の死は、放射性物質セシウム１３７による被曝が原因だった。ペンダントに仕込まれたセシウム１３７は、一〇〇〇ミリシーベルトの放射線を放っており、長時間被曝し続ければ、細胞が壊死し、臓器が機能を停止して死に至るほどの線量であった。その放射線を放つペンダントを吉郎は一週間肌身離さず持ち歩いていたようだ。

それもまた殺人の可能性があったが、島崎は再び「ストップ！」をかけた。

もうこれ以上、ことを荒立てるのはやめろ――。

祐一としてはここで本事案の捜査を打ち止めざるを得なかった。

島崎が思ったほどには満足など感じなかったが、祐一は致し方なく応じた。

「ええ、まあ、とりあえずは……」

「何だ、その言い草は……」

島崎は不服そうに鼻を鳴らし、コーヒーの残りを飲み干した。空き缶を力任せにつぶそうとしたが、真ん中が少し凹んだくらいだった。デスクワークばかりで元からほとんどない筋力が弱っているのだろう。

祐一は一つだけ背中に背負っていた重荷を下ろすことができた。

「最上博士が感謝してくれました」

「何を？」

「五年前、帝都大学の研究室で、最上博士の右腕だった速水真緒准教授の遺体が見つかりました。速水さんはコーラに混入した多量の睡眠薬を摂取したことによる中毒死だったんですが、結果、警察としては自殺ということで処理しました。しかし、容疑者は一人だけ挙がっていたんです。それが榊原吉郎でした。速水さんと吉郎は当時恋人関係にあったんです」

「ああ、覚えてるよ」

「最上博士と速水さんは最先端の研究を行っていましたから、それを狙っていたのが榊原茂吉だった。吉郎は親の七光りで大学に残っているような人間でしたから、きっと父に気に入られようと、速水さんを殺害し、その隙に、彼女らの研究成果を奪っていったに違いありません」

島崎はうんともすんとも言わず、どこか遠くをながめていた。

「最上博士はわたしに二度、こう言ったんです。〝真緒の命を奪った犯人を捕まえてください〟と。結局、捕まえることはできませんでしたが、死ぬ間際に榊原吉郎の告白を耳にすることができました」

「そうか。それはよかったな」

島崎は口だけそう言うと立ち上がった。よいことなどない、というような口調だった。

終章

小比類巻祐一は六本木にあるボディハッカー・ジャパン協会の本部ビルへ向かった。入館パスカードをもらい、改札機のようなゲートを通り抜けて、エレベーターでセミナールームへ上がった。

カーンの瞑想用につくられたらしい、ビニール製の畳の敷き詰められた広い部屋に、作務衣姿のカール・カーンが一人でブランチを食べていた。前にも見た草食動物の餌のような食事だ。部屋には窓もなく、じめっとして肌寒かった。

カーンは祐一を見て微苦笑を浮かべた。

「やはりまた会いましたね。わたしが予想していたよりもずいぶんと早いペースです。もうお友達ですね」

祐一はカーンの前に胡坐《あぐら》をかいた。この男は敵か味方か、わかりかねた。

「いくつかうかがいたいことがあります」

「はい」

「榊原吉郎を知っていますね？」

「ええ、もちろん。古都大学名誉教授の榊原茂吉先生のご子息ですね」

「先日、亡くなりました。プレゼントでもらったというペンダントに放射性物質であるセシウム137が注入されていたんです」

カーンは残念そうにかぶりを振った。

「それはひどい。放射線障害ですか。苦しんだでしょう」

「そのペンダントはこちらの協会で販売されているものだったんですよ」

「何度も言いますが、あれは誰でも買えますからね」

祐一は飄々《ひょうひょう》としたカーンを見据えた。

「こちらの協会はライデン製薬から大口の寄付金を受けているようですね」

「ええ、当協会の理念とライデン製薬の企業理念が一致するんです。科学の力によって人類をアップデートしていこうというわけですから」

「その寄付金の中には、協会員の方々が参加した、ライデン製薬による人体実験への謝礼も含まれているんですか?」

「警察はいつから都市伝説を信じるようになったんですか?」

カーンが感情のいっさいこもっていない青い目で見つめ返してきた。

「わたしはライデン製薬の上層部や榊原先生と親しくしていますが、それならばなおのこと、当協会のシンボルがデザインされたペンダントに放射性物質を注入して、榊原吉郎さんを殺害するなどという愚行を命じるわけがないじゃありませんか」

「あなたが命じたとまでは言っていません。ただ、凶器としてボディハッカー・ジャパン協会のペンダントが使われたという事実をお話ししたまでです」

カーンはスプーンを手にして、草食動物の餌のような食事をすくって、口に入れ始めた。

「そうですか。わたしは警察の捜査報告を聞く立場にないように思いますが……」

「カーンさんはわれわれSCISの動向をいろいろお知りになりたいんじゃないかと思いましてね」

カーンは、にこりとした。

「SCIS……。そう呼称されているようですね、小比類巻警視正の捜査班は。見かけによらず、みなさんたいへん優秀な捜査員だそうで」

「見かけによらずは余計ですよ」

「失礼」

「それでは――」と祐一は立ち上がり、戸口へと足を向かいかけて、立ち止まった。

「最後に一つおうかがいしたいんですが、カーンさんはアメリカにあるトランスブレインズ社とはどういう関係があるんですか？」

カーンのスプーンをすくう手が止まった。スプーンをトレイに置くと、トレイを絨《じゅう》毯《たん》の上に戻した。

「トランスブレインズ社はわたしが顧問をしている会社の一つですよ。現状では治療不可能な患者を冷凍保存し、技術革新が行われた未来によみがえらせようという野心的な試みですが、氷漬けになった人間を無事に目覚めさせるにはどうしたらよいのか、わたしも研究しているものですから。なぜそんな質問を？」

「トランスブレインズ社のスタッフがピラミッドのペンダントをしていたものですから」

「何度も言いますが、当協会のグッズはどなたでもネットで購入できるんですよ」

「ええ、そうでしょうね。でも、トランスブレインズ社はあなたと直接的なつながりがあった。それでは、失礼します」

祐一はにこりと微笑み返すと、カーンの暗く湿った瞑想室をあとにした。


翌日、祐一は久しぶりに反対側のホームに行った。

亜美に似た女を向かいの電車内で見た。それから時をおかずに、遊園地で星来がママに会ったと言った。

亜美がこの世に生き返ったと信じる証拠はそれだけで十分だった。

祐一は胸騒ぎがした。理由はわからないが、今日この日、亜美と会えるような気がした。それはほとんど確信に近い直感だった。

ベンチに腰をかけ、利用客をながめた。十分、二十分と時間が過ぎていくが、気がせくこともなかった。

亜美はきっと現れると思っていたからだ。

祐一は、やってきては去っていく電車の車内を見ていた。

三十分が経とうかというころ、オレンジ色の薄手のセーターに、デニムのジーンズという姿の亜美が吊り革につかまって立っていた。熱心にスマホを見続けている。電車の扉が開き、人が数人降りた。

祐一はベンチから立ち上がった。扉が閉まる前に電車に飛び乗り、亜美のほうへ近づいた。祐一の勢いが周囲に伝わったのか、数人が前を開けるようにしたので、気配を感じた亜美が顔を上げた。

祐一は肩をつかんだ。

首から下げられたネックレスが目に入った。ピラミッド型の樹脂の中に黄金の球体が封じ込められている。

「きみは誰だ？」

女は驚いて祐一を見つめ返した。

謝辞

本作を執筆するに当たって、各方面の専門家の方々からお知恵をいただきました。感染症がご専門の村井健美氏、サイバー関係では、蔵本雄一氏、マクニカネットワークス株式会社の奥野正氏に、快く取材に応じていただきました。おかげさまでたいへんに助けられました。心より感謝を申し上げます。なお文責はすべて著者にあることを記させていただきます。

本作はフィクションであり、作中の登場人物、事件、団体、商標などは、実在のものとは関係がありません。作中で触れられている科学的事象に関しましては、過去のＳＦが現実になる時代において、基本的に事実のみを記載しています。物語をエンターテイメントにするための論理の飛躍は多少行いました。人類の叡智の結晶である科学はわれわれにユートピアをもたらしてくれるかもしれませんが、良識と良心を失えば、それがディストピアにもなりかねません。読者のみなさまには、科学の素晴らしさと幾ばくかの危うさを、ミステリーの中で、楽しんでいただけましたら幸いです。

光文社文庫

文庫書下ろし

SCIS《エスシーアイエス》 科《か》学《がく》犯《はん》罪《ざい》捜《そう》査《さ》班《はん》Ⅱ　天才《てんさい》科学者《かがくしゃ》・最上《もがみ》友紀子《ゆきこ》の挑戦《ちょうせん》

著　者　中《なか》村《むら》　啓《ひらく》

2020年5月20日　初版1刷発行
2022年4月15日　2刷発行

発行者　鈴　木　広　和
印　刷　新　藤　慶　昌　堂
製　本　榎　本　製　本

発行所　株式会社　光　文　社
〒112-8011　東京都文京区音羽1-16-6
電話（03）5395-8149　編　集　部
8116　書籍販売部
8125　業　務　部

ISBN978-4-334-79032-5　Printed in Japan

組版　萩原印刷